Das verdorbene Werk

Eine Meisterin der Liebe

[...]cheint im Rahmen ausgewählter erotischer Literatur
[...]n der *Edition Ars Amandi* des Melchior Verlages.

[...]druck der deutschen Originalausgabe aus dem Jahr 1920
nach einem Exemplar aus Privatbesitz.

M

Edition Ars Amandi
Wolfenbüttel
2013

EINE MEIS

DER LI

ers

i

Nach

Eine Meisterin der Liebe

In 12 Kapiteln

von Davernos

Mit 14 Zeichnungen

von Bruno Gerstner

Prolog

„Komm, meine Freundin, lass uns in der Liebe
die seltsamen Blumen pflücken, die so stark
und bitter duften, und im Garten Eden lass uns
die verbotene Frucht suchen.“

Auf diesen Blättern erzähle ich meine Erinnerungen aus der Zeit, da ich „Frau“ war. Unter diesem Wort verstehe ich nicht das Weibchen im Stand der Ehe, sondern einfach die erschlossene Knospe, die erblühte Blume, die verlorene Jungfernschaft. Ich bin mit vierzehn Jahren „Frau“ geworden.

Diese vorzeitige Reife wurde einmal durch meine Natur und mein Temperament bedingt, und dann auch durch die äußeren Umstände meines Lebensganges. Kein junges Mädchen konnte bis zu ihrem zwölften Jahre unschuldiger und naiver sein, als ich es war. Aber die Verhältnisse brachten in mir diese Perversität und sittliche Verderbtheit, wie die Philister es nennen würden, zur Reife.

Ich bin daher der Meinung, dass niemand auf mich oder meines gleichen einen Stein werfen darf, dass auch das reinste und unschuldigste junge Mädchen nur ein Opfer der Verhältnisse ist und dass in ihm die gleichen Instinkte und die gleiche Perversität wach werden müssen, wenn es unter den gleichen Lebensbedingungen aufwächst.

Tatsächlich will das Schwein, das in jedem menschlichen Geschöpf schlummert, immer größer und größer werden, sobald es die nötigen Nährstoffe findet und diese Nährstoffe sind eben die äußeren Verhältnisse, die Umgebung, die fortschreitende Erkenntnis.

Das Schwein wächst und gewinnt Gewalt über uns, sodass man ihm, trotz allem willenlos folgt.

Ich wurde also ein unanständiges und sittlich verdorbenes junges Mädchen. Heute, schön wie Circe, als ihre Blüte sich erschloss, bin ich perverser und verderbter als je und ich will hier die Geschichte meiner frühreifen Entwicklung von meinem vierzehnten bis zu meinem zwanzigsten Jahr beschreiben.

Und ich habe dabei das tröstliche Gefühl, dass ich zu einem ganz besonderen Publikum spreche, das mich verstehen und das mir verzeihen wird.

Julie.

Kapitel I

Nach einer ruhigen Jugend und einer stürmischen Pubertätszeit war ich vierzehn Jahre alt geworden und kannte bereits die Liebe zum Mann wie die zum Weib. Im Laufe eines Jahres hatte ich all jene Stadien durchgemacht, für die andere ein halbes Leben brauchen.

Schon früher war ich in einer Klosterpension untergebracht, in die ich jetzt zurückkehrte. Hier fand ich eine leidenschaftliche Freundin wieder, aber ich war getrennt von meinem Vormund, den ich wie einen Gott geliebt und der mich zum Weib gemacht hatte. Liebte ich ihn nach unserer Trennung noch ebenso sehr?

Ehrlich gesagt, ich glaube nein, ich liebte ihn, wie man einen schönen Mann liebt, aber er konnte mir durch einen anderen schönen Mann ersetzt werden. Ich liebte ihn auch mit dem Herzen, wie man einen guten und freigebigen Vater liebt, aber das ist eine besondere Art von Liebe, von der ich hier nicht sprechen will.

Als Mann hätte ich ihn auch gern geheiratet . . . aber ebenso hätte ich auch einen anderen Mann geheiratet, von dem ich mir neue Erregungen versprechen konnte. In einem Wort, ich liebte die Liebe, ich liebte den Mann, ich liebte das Weib, kurz alles, was mir Liebe zu geben vermochte, womit natürlich die wollüstige, die sinnliche Liebe gemeint ist.

Ich liebte auch meine Freundin. Wie bei meinem Vormund liebte ich sie, weil sie mich eingeweiht hatte, weil sie mir ein reizender, entzückender Lehrer in verliebten Schweinereien gewesen war.

Aber wie meinen Geliebten, hätte ich auch sie durch eine andere ersetzt, die mich neue, unbekannte Freuden gelehrt hätte. So dachte ich, offen gestanden, über alles, was man Moral nennt.

Mein körperliches Befinden war wundervoll. Vor einem großen Spiegel stand ich allein und betrachtete mich prüfend. Ich konstatierte, ich war hübsch und würde später schön werden. Meine großen träumerischen Augen waren von langen Wimpern beschattet, mein überreiches Haar bedeckte, wenn es gelöst war, meine Popobacken.

Mein Mund war ein richtiger Kindermund. Mein jugendlicher Busen begann, unter dem Einfluss der verliebten Spielereien, die ich trieb, sich schwellend zu runden. Meine Schenkel waren schon voll und reizend. Ich hatte schon richtige Waden und mein Popo hätte den Neid manches achtzehnjährigen Mädchens erregt.

Meine kleine Spalte war zwar schon angebohrt worden, aber trotzdem so eng, dass meine Freundin Maud kaum ihren Finger hineinbringen konnte, und schon war sie von leicht gekrausten Härchen umschattet.

Maud mit ihren sechszehn Jahren war nicht entwickelter als ich. Allerdings war sie ausgesprochen blond und mit ihren großen blauen Augen sah sie so jung aus.

Als wir uns in der Pension wieder trafen, hatten wir einen wahren Heißhunger auf die guten Sachen, von denen wir bisher nur gekostet und die uns förmlich bezaubert hatten. Und bis zu den Ferien war es noch so lange hin.

So versuchten wir uns gegenseitig so gut als möglich zu trösten. In Ermangelung eines männlichen Gliedes schufen wir uns jeden denkbaren Ersatz, den unsere Phantasie uns eingab.

Als bevorzugtes Lieblingsinstrument diente uns der Mittelfinger der rechten Hand. „Der Herr Major", wie Maud ihn scherzhaft getauft hatte. Wer von ihm geliebkost sein wollte, legte sich rücklings aufs Bett oder aufs Sofa, spreizte die Beine und hob die Röcke hoch.

Hosen trugen wir nie, wenn wir in unserem Zimmer waren. Die Helferin setzte sich möglichst bequem neben das Bett und führte sanft den Herrn Major hinein. Sie schob ihn hinein, so lang er war, und mit der beweglichen Fingerspitze kitzelte sie ganz hinten.

Dann begann sie ihn hin und her zu schieben. Mit der anderen Hand tat sie die Härchen beiseite und spielte am Knöpfchen. Zuweilen saugte sie an ihm auch mit der Zunge; dann wurde die andere

Hand an die Popobacken geführt und ein Finger bohrte sich ins Loch hinein. Oder sie spielte von oben her an den Knospen der Brüste.

Die also Behandelte führte eine Hand unter die Röcke der Freundin und suchte sie gleichfalls glücklich zu machen.

Abwechselnd steckten wir uns den Herrn Major hinein, bis es uns kam, und es muss wirklich interessant gewesen sein, zu beobachten, wie hier zwei junge Mädchen sich selbstlos mit Zärtlichkeiten überschütteten, wie eine von ihnen lässig hingestreckt lag, wie sie den Leib und den Hintern unter den suchenden und spielenden Fingern zuckend hob und senkte, und wie diese Finger ihre Tätigkeit genau nach dem Ausdruck der Lust regelten, die sich auf dem Antlitz der Patientin wiederspiegelte.

Mit geschlossenen Augen und vibrierenden Nasenflügeln stöhnte sie fast ohnmächtig unter den kitzelnden Liebkosungen ihrer kleinen Freundin. Dies raffinierte Küssen, das uns so mächtig reizte, endete stets mit einem leidenschaftlichen 69. Wie zwei Furien verbissen wir uns ineinander. Unsere Zungen bohrten sich bis zur Wurzel überall hinein und spielten mit heißer Zärtlichkeit bald am Kitzler, bald am Popoloch, und beide Öffnungen schlürften die Zunge tief in sich hinein, als wollten sie sie verschlingen.

Auch die Hände blieben dabei nicht müßig und kitzelten die Füße, die Waden, die Brüste, kurz alles, was sie nur irgend erreichen konnten, bis im göttlichen Kampf der Liebessaft herausspritzte, den die Saugenden mit dem Mund gierig ausschlürften.

KAPITEL II

Meine Liebesspiele mit Maud, so heiß und leidenschaftlich sie auch waren, verloren schließlich doch einigermaßen den Reiz der Neuheit. Wir beteten uns immer noch an, aber wir verlangten doch auch noch irgendetwas, das unserer Liebesküche mit Pfeffer und Salz ein wenig Würze geben würde. Zweifellos liebten wir alle beide auch den Mann, aber unser Temperament war doch mehr lesbischer Natur, und instinktiv suchten wir gerade in dieser Beziehung nach etwas Neuem. Es bot sich uns sehr bald in der Person einer jungen, vierzehnjährigen Schülerin, einer kleinen Brünetten von spanischem Typ, mit krausem Haar und großen schwarzen Augen. Und es kam völlig überraschend. Das kleine Mädchen reizte mich und zweifellos gefiel sie mir am besten von allen.

Eines Tages nun machte ich hinten im Garten ganz ungeniert im Gras Pipi. Ich dachte, ich sei allein, da sah ich plötzlich Maria d'E. Sie hatte sich halb hinter einem Baum versteckt und niedergekauert, um besser sehen zu können. So starrte sie begehrlich auf die geheimen Reize, die ich zur Schau stellte. Ich rührte mich nicht und ließ ihr genügend Zeit, sich alles genau zu besehen. Dann stand ich auf, mit einem Satz war ich bei ihr und fasste sie am Arm.

„Wonach siehst du da?"

„Lass mich, lass mich los!"

Sie wehrte sich.

„Dummchen! Ich tu dir doch nichts! Aber warum hast du mich so aufmerksam beobachtet? Du bist ebenso hübsch wie ich?"

„Nein. Ich habe unten am Bauch keine Haare."

„Wirklich nicht? Lass mal sehen . . . Wahrhaftig! Aber hab keine Angst, die wachsen noch."

„Hat denn jeder Haare!"

„Ja, wenn man groß wird.“

Sie hatte eine kurze, geschlossene Hose an, aber ich hatte meine Hand gleich in die Öffnung an der Seite gesteckt, hob ihr das Hemd hoch und befühlte ihre kleine Spalte. Zwei, dreimal kitzelte ich sie sanft, sodass sie die Schenkel zusammendrückte.

„Oh, was machst du mit mir?“

„Tu ich dir weh?“

„Im Gegenteil, gut . . . gut ist das . . . oh, wie gut tut das! . . .“

„Na also! Wenn du nichts sagst und schön den Mund hältst, will ich dich hübsche Sachen lehren, die dir viel Spaß machen werden. Wenn heute Abend alles schläft, schleiche dich zu mir ins Bett, dann wirst du ja sehen.“

„Ach ja! Das tu ich gern!“

Als ich ins Haus zurückkam, ging ich in den Schlafsaal. Die Kleine schlief mitten unter den Jüngsten, aber meinem Bett fast gerade gegenüber. Kaum war die Aufsichtsdame, die den Saal zwischen elf und zwölf Uhr inspizierte, wieder fort, da hörte ich ein leises Rascheln an meinem Bett. Es war Maria. Leise zog ich sie an meine Seite.

Ich hob ihr und mein Hemd hoch, nahm sie in meine Arme und saugte an ihren Lippen. Sie bebte wie ein Blatt im Wind und ihre Haut glühte wie im Fieber.

Mit der flachen Hand streichelte ich ihr den Rücken, den Hintern, die Schenkel und presste sie dicht an mich. Ihre Hand war jetzt schon weniger schüchtern und suchte die Stelle, die sie so neugierig beobachtet hatte. Ich rückte etwas von ihr ab und spreizte die Beine, sodass sie betasten konnte, was sie reizte.

Ich legte mich auf den Rücken und schlug die Bettdecke zurück, um es ihr bequemer zu machen. Bei dem schwachen Schein der Nachtlampe besah sie sich alles genau, berührte und liebkoste mich . . . Auch meine kleinen Brüste reizten ihre Aufmerksamkeit, aber sie traute sich nicht recht und betastete sie nur ganz leise.

„Küsse sie doch!", sagte ich.

Sie küsste sie und dann saugte sie daran. Schließlich machte sie sich aber wieder an meine kleine Muschel und fuhr mit den Fingern durch die noch kurzen Haare, über die sie sich nicht genug wundern konnte.

„Jetzt kommst du an die Reihe . . . Zeig mal her!"

Ich legte sie auf den Rücken. Ich besah mir ihre hübschen runden Schenkel und die kleine fast haarlose Spalte, die noch eng geschlossen war.

„Oh, wie hübsch ist solch kleines, fast noch nacktes Fötzchen! . . . Gleich möchte man hineinbeißen!"

Tatsächlich drückte ich meine Lippen darauf und sie zitterte beim ersten Kusse. Ich ließ sie die Schenkel auseinanderbreiten, meine Zunge drängte sich zwischen die kleinen Lefzen und ich fand oben das niedliche Knöpfchen, einen allerliebsten kleinen, ganz steifen Kitzler, und das Fötzchen war schon ganz feucht.

Aber sofort presste sie heftig die Beine zusammen, drückte meinen Kopf wie in einen warmen weichen Schraubstock und stieß mit dem Hintern zwei-, dreimal dagegen. Ich hatte ihr die Hand auf den Mund gelegt, weil ich fürchtete, sie würde schreien.

Aber sie wusste sich zu beherrschen.

Dieser erste Genuss hatte sie völlig betäubt. Als sie wieder zu sich kam, wollte sie mir Gleiches mit Gleichem vergelten. Es war mir schon gekommen, als ich sie leckte und fühlte, wie sie unter mir fast ohnmächtig wurde, aber ich ließ es mir gern gefallen.

Nur musste ich selbst die Lippen meiner Spalte auseinanderhalten und ihr zeigen, wo ihre kleine Zunge arbeiten sollte. Anfangs war sie ein bisschen ungeschickt, aber sie hatte den allerbesten Willen und das Resultat war köstlich. Unter starken Stößen kam es mir und ich überschwemmte ihr das ganze Gesicht, das ich mit beiden, in ihrem Nacken gefalteten Händen fest gegen mein Fötzchen presste.

KAPITEL III

Am nächsten Morgen traf ich Maud. Sie fand, dass meine Augen sehr abgespannt aussahen, und bald hatte ich ihr alles gebeichtet.

Ganz aufgeregt nahm sie mich mit in ihr Zimmer. Kaum hatte sie die Tür hinter sich geschlossen, so warf sie mich auch schon aufs Bett und, obwohl ich Unterröcke und Hosen anhatte, erteilte sie mir mit ihrer Zunge so ausgiebig Absolution, dass ich zweimal köstlich heiße Tränen der Reue vergoss.

Während der Freistunde am Abend konnte ich ihr die kleine Brünette zuführen. In aller Eile überzeugte sie sich von ihren Reizen. Wir zogen ihr die Taille aus und leckten ihr die kleinen, kaum fühlbar hervortretenden Röschen ihrer Brüste. Dann wurden der Kleinen die Hosen herunter gezogen.

Maud spielte vorn an ihren schlanken Schenkeln, während ich sie von hinten küsste. Bauch und Popo bekamen auch ihr Teil ab. Maud kitzelte sie am Nabel und ich tat das Gleiche an ihren weißen, schon ganz fleischig gerundeten Hinterbacken.

Und während Maud ihr die kleine Spalte öffnete und ihr die Zunge hineinsteckte, bog ich ihr die Popobacken auseinander und leckte ihr das Arschloch. Das Hühnchen zitterte wie Espenlaub, und als ihr unter Mauds Zunge der Saft entströmte, mussten wir sie beide festhalten, sonst wäre sie zu Boden gestürzt.

Während ein paar Nächten konnte Maud sich zu uns in den Schlafsaal schleichen und wir konnten gegenseitig unsere Leidenschaft befriedigen, aber meist blieb ich mit Maria allein. Sie verlangte ebenso sehr danach, zärtlich zu küssen, wie geküsst zu werden, und so konnte sie bei mir alle ihre ausschweifenden Lüste befriedigen. Sie ließ sich dabei immer mehr von ihrer Leidenschaft hinreißen und fand immer neue Schweinigeleien. Jedes Mal bat sie mich, ich möchte doch Pipi machen, und kaum hatte ich es getan, so leckte sie mir mit ihrer Zunge die letzten Tropfen fort und klagte nur immer wieder, dass sie nicht genug bekäme. Endlos lange konnte sie an mir herumschnuppern, wobei sie mir ihre Nase bald in mein Fötzchen, bald in den Popo steckte.

„Was machst du da? Was suchst du?“, fragte ich sie eines Tages.

„Ich suche deinen Duft, den Duft deiner Haut, du riechst so gut nach Weib ... Aber warum parfümierst du dich? ... Ich möchte ...“

„Was?“

„Ich möchte deinen ursprünglichen, deinen echten, ganz persönlichen Duft ... Wenn du mich lieb hast, parfümiere dich nicht und wasche dich auch mal nicht ... drei Tage lang. Sag', willst du?“

Sie war bezaubernd, wie sie so auf mir lag und mir die Lippen leckte.

Ich tat, als wollte ich nicht.

„Unglaublich! ... Was verlangst du von mir?“

„Doch, doch, versprich es mir!“, sagte sie und mit der Spitze ihrer kleinen Katzenzunge kitzelte sie mich dabei im Ohr.

„Also gut, du kleines Schwein, ich verspreche es dir ...“

„Du wirst dich von den Schultern abwärts nicht mehr waschen?“

„Ja. Abgemacht!“

Ich möchte hier eine kurze Parenthese einfügen. Man möge mir nicht vorwerfen, ich übertreibe ... Diese Szene ist tatsächlich erlebt.

Natürlich will ich nicht irgendwie persönlich werden, aber ich kenne in Lyon eine schöne, zarte, sanfte, duftige Frau, die wie ein Kunstwerk auf jedem eleganten Fünf-Uhr-Tee bewundert wird.

Sie könnte ganz offen erzählen, was sie in einem gewissen Pensionat mit einer um drei Jahre älteren Freundin getrieben hat und sogar mit einem kleinen Bauernjungen aus der Nachbarschaft, der ein Jahr jünger als sie war ... Wenn sie je diese Zeilen liest, wird sie mich verstehen.

Zur Erklärung für eine so eigenartige Geschmacksrichtung braucht übrigens jeder nur an die Zeit seiner werdenden Pubertät zurückzudenken und er wird sich überzeugen, dass ich nicht übertreibe.

Die eben geschilderten Szenen, wie die noch folgenden, sind tatsächlich erlebt. Und nun will ich in meiner Geschichte fortfahren.

Die Schweinerei des kleinen, noch nicht mannbaren Mädchens reizte mich ganz gewaltig und ich hielt Wort, obwohl es für mich eine sehr peinliche Sache war. Am ersten Tag spürte ich noch nichts. Am zweiten fühlte ich an verschiedenen Stellen ein Jucken, dem ich tapfer standhielt.

Gegen Abend wurde das Jucken heftiger und durch die Röcke hindurch musste ich mich öfter kratzen. Im Bett suchte ich mich tapfer zu beherrschen, um mich nicht fortwährend zu kratzen, aber das Jucken wurde so heftig, dass ich fast in die Luft ging.

Der Kitzler wurde mir ganz steif, und schließlich konnte ich nicht anders, ich musste durch das Hemd hindurch daran reiben, bis es mir kam. Auch im Hintern juckte es mich. Ich feuchtete einen Finger mit Speichel an und fuhr mir damit in die Kerbe. Das beruhigte mich ein wenig und ich schlief ein.

Am nächsten Tag aber ging es mir einfach unbeschreiblich. Das Jucken wurde immer schrecklicher, vorn wie hinten, und ich war geil wie ein Kapuziner.

Ich konnte nicht mehr stillsitzen, durch die Kleider hindurch kratzte ich mich und steckte sie mir wie einen Bausch zwischen die Schenkel, sobald ich mich unbeobachtet wusste. Endlich kam die Nacht und ich ging schnell zu Bett, nachdem ich die üblichen Waschungen nur scheinbar vorgenommen hatte.

Als ich mich auszog, spürte ich einen fischartigen Geruch an mir. Ich legte mich hin und wartete mit zusammengepressten Beinen . . .

Um Mitternacht kam meine kleine Leckerin. Ich zog sie an mich und hob ihr das Hemdchen hoch, um ihr den Bauch zu küssen, aber gleich hob sie ungeduldig mir das Hemd hoch, presste ihren Kopf auf meine Schenkel und zog die Bettdecke ganz dicht über sich, sodass keine Luft hereinkommen und ihr den Geruch stören konnte, auf den sie so versessen war.

Eine lange Minute lag sie so und ich fühlte ihren heißen Atem auf meinen Schenkeln und auf meinem Bauch. Dann begann sie mir die Härchen zu lecken und bald spürte ich überall ihr rosiges Züngelchen. Jede Falte in den Schenkeln wusch sie mir damit schön sauber, dann machte sie sich an meinen Popo und widmete sich längere Zeit mit peinlichster Sorgfalt meinem Arschloch.

Ich fühlte eine unerhörte Wollust, als mich dies junge Blutegelchen so zärtlich leckte und auch nicht einen Zoll breit meiner Haut dabei vergaß. Sobald sie mir ihre Zunge in den Hintern gesteckt hatte, begann ich zu spritzen und der Saft floss mir in die Kerbe, wo die Kleine ihn gierig aufleckte.

Ich hatte mich aufgesetzt, sie hielt mir mit beiden Händen die Beine hoch und auseinandergespreizt und leckte leidenschaftlich weiter.

Als sie mit meinem Hintern fertig war, lutschte sie zwischen den Schenkeln den schmalen Raum, der die beiden Löcher voneinander trennt, und endlich kam sie an mein schon ganz feuchtes Fötzchen. Mit einem Stoß bohrte sie ihre Zunge, so tief sie nur konnte, in meine Scheide. Ich hätte beinahe laut aufgeschrien vor Lust und gab ihr mit dem Hintern zwei, drei Stöße, die sie durch die Bewegungen ihrer Zunge erwiderte, und reichlich spritzte ihr mein Saft in den gierigen Mund.

Jetzt arbeitete sie weiter am Rand der Schamlippen, in meinen Haaren und am Kitzler . . . Mir kam es ununterbrochen und ihre Zunge schlürfte die Flut des Liebessaftes. An ihren wilden Zuckungen spürte ich, dass es auch ihr kam. Endlich wurde sie matt und hielt inne. Auch ich konnte nicht mehr. Sie wand sich an mir hinauf und steckte mir ihre Zunge in den Mund.

„Tut es dir gut, Liebste?“

„Ach, du Ferkel? Du hast mich ganz tot gemacht!“

„Jawohl, ich bin ein Ferkel, ein Schwein, aber ich bin dein Ferkel, dein liebes kleines Schwein, ja? Du sollst sehen, ich mach dich noch tot vor Glück und Wollust . . . Komm, leck mir die Fotze, sie ist ganz nass!"

Ihr Saft war ihr wirklich an den Schenkeln herabgelaufen. Ich leckte ihn ihr überall auf und lutschte dann wie toll an der Quelle selbst, aus der es mir noch einmal heftig in den Mund sprudelte.

So verging uns der größte Teil der Nacht, aber am nächsten Morgen konnte ich mich kaum auf den Beinen halten und um meine Augen lagen so tiefe dunkle Schatten, dass ich viel Puder auflegen musste, um einigermaßen menschlich auszusehen.

Kapitel IV

So wollüstig verlief unser Leben im Pensionat das ganze Jahr hindurch. Ich will nicht von all den Ausschweifungen mit anderen kleinen Freundinnen erzählen, die wir in die Vergnüglichkeiten der Liebe einweihten oder die von älteren Freundinnen oder von Brüdern, Vettern und anderen schon eingeweiht waren.

Das würde zu weitschweifig werden und nur zu Wiederholungen führen. Und doch hatten wir bei unseren kleinen Gefährtinnen die verschiedenartigsten Temperamente gefunden.

Die Einen waren zart, ätherisch, unschuldig wie blonde Engelein auf einem Kirchenfenster und sie genossen schon bei einem einfachen Kuss auf ihren kleinen Mund oder auf die rosigen Spitzen ihrer niedlichen Brüste. Andere, wie Maria, waren verderbt und pervers bis ins Mark und reizten uns zu allen möglichen Ferkeleien.

Aber man gleitet nur zu schnell vorwärts auf dem abschüssigen Weg der Schweinerei, und alle unsere Liebschaften innerhalb der engen Mauern des Pensionats ließen uns schließlich kalt. Dies allzu begrenzte Gebiet hatte uns schon völlig blasiert gemacht.

Nur eine Sache reizte uns noch: Wir wollten unsere Reize sehen lassen. Maud und ich hätten gar zu gern Leidenschaften — bei Männern oder bei Frauen, das war uns einerlei — durch die Enthüllung unserer jugendlichen Schönheiten entflammt.

Aber in diesem streng verschlossenen Haus war uns das einfach unmöglich. Unsere Lehrerinnen waren streng und hässlich und kein Lehrer wurde bei uns geduldet. Auch an unseren Ausgehtagen war bei meinem Onkel niemand zu finden. Er behielt uns sorgsam für sich, aber zu unserem großen Erstaunen wurde er sogar in seinen Zärtlichkeiten immer zurückhaltender.

„Du siehst, liebste Maud, wir müssen uns an dem genügen lassen, was wir haben."

„Leider!“

„Und wenn wir es nicht gerade mit Papa Bacchio versuchen wollen, wüsste ich wirklich nicht . . .“

Papa Bac, wie wir ihn nannten, war der Gärtner des Pensionats. Ein alter Italiener von fünfzig Jahren (für uns war das schon alt), haarig, zottig, immer mit der Pfeife im Mund, aber stämmig und kräftig, breitschultrig und muskulös. Er wohnte in einem kleinen Pavillon dicht am Tor mit seiner kranken und halb gelähmten Frau, die als Pförtnerin beschäftigt wurde.

Papa Bac! . . . Der Gedanke war so grotesk, dass wir laut auflachen mussten. Trotzdem beschlossen wir, uns auf seine Kosten zu amüsieren, um in unsere Langeweile eine kleine Abwechslung zu bringen.

Und dem Beschluss folgte auch gleich die Ausführung. Eines Tages schlichen wir uns in den abgeschlossenen Teil, wo er arbeitete, und während ich hinter einem dichten Gebüsch auf Posten stand, überzeugte sich Maud zunächst, dass er sie auch sehen konnte, dann stellte sie den einen Fuß auf eine Bank, ihm gerade gegenüber und hob sich die Röcke halb hoch, um ihr Strumpfband in Ordnung zu bringen.

Hosen hatte sie nicht an. Papa Bac ließ kein Auge von ihr. Seine Augen glänzten und die Pfeife zitterte ihm im Mund. Das war für diesmal alles. Am nächsten Morgen kam ich an die Reihe und Maud versteckte sich. Erst tat ich, als blickte ich mich vorsichtig ringsum, dann setzte ich mich ihm gerade gegenüber, hob mir frech die Röcke hoch und pisste ins Gras.

Als ich fertig war, trafen sich unsere Blicke, ich erschrak über seine Augen und flog davon wie eine aufgescheuchte Gazelle. Sein Blick war so glühend und sein Gesicht hatte so drohend ausgesehen, dass wir beschlossen, die Sache auf sich beruhen zu lassen.

Aber mich verfolgte es wie eine fixe Idee und fast gegen meinen Willen, wie unter einem lastenden Bann schritt ich zur Ausführung.

Ohne dass Maud es wusste, ging ich eines Tages, als sie wegen eines Unwohlseins das Zimmer hüten musste, zu der Stelle, an der er arbeitete. Ich war noch zehn Meter von ihm entfernt, als er mich bemerkte. Ich hob die Röcke hoch und zeigte mich ihm für ein paar Augenblicke nackt von den Knien bis zum Gürtel. Seine blutunterlaufenen Augen traten ihm fast aus dem Kopf und er nahm die Pfeife aus dem Mund.

„Luder, du!“, sagte er.

Kaum dass er sich bewegte, floh ich davon. Ich hatte eine Heidenangst vor ihm bekommen.

Aber Tags darauf packte mich die Lust zu einem neuen Versuch, und diesmal wollte ich ihm die Kehrseite der Medaille zeigen, die er bisher nur von vorn gesehen hatte.

Ich suchte nach ihm und kam an ein kleines Gewächshaus, ohne dass ich ihn gesehen hatte. Ich steckte den Kopf durch die halb offene Tür ... Niemand da! ... Ich wollte zurück, aber da wurde ich von kräftiger Hand hineingestoßen.

Ein derber, haariger Arm legte sich mir um die Taille, die Röcke wurden mir von hinten hoch gehoben und ich bekam zwei oder drei klatschende Hiebe. Ich fürchtete Skandal zu machen und schrie nicht. Eine dicke, harte Hand fuhr nun an meinem Hintern und den Schenkeln hinunter, während ich ganz außer mir mit den Beinen strampelte.

„Lassen Sie mich! ... Oh, bitte, lassen Sie mich!“

„Hab ich dich endlich, du kleines Luder?! — Und die Blonde? Ist sie nicht da? Gut! Dann sollst du für zwei bezahlen! ... Du wolltest dich über den Löwen lustig machen ...

Das sollst du büßen, du Hure! ... Du kannst schreien, so viel du willst, hier hört dich niemand! ... Zeig mal, was du für Haare hast, ich habe die Farbe nicht genau sehen können. ...

Na, deine Jungfernschaft ist schon zum Teufel, mein Finger geht ganz tief hinein ... Schade! Ich hätte sie dir gern genommen ... Aber trotzdem sollst du den Schwanz von Papa Bac zu fühlen bekommen, da wirst du staunen!“

Ich kniete auf der Erde. Mit einer Hand hielt er mich am Nacken fest und versuchte, es mir von hinten hinein zu stecken. Sein riesiger Schwanz riss mir fast den Leib auf und ich brach in Schluchzen aus.

„Ach, du kleine Sau! . . . Jetzt steckst du am Spieß! . . . So ist's recht! . . . Du wolltest den Wolf sehen, da ist er . . . Na, wie gefällt er dir? . . . Uff! Jetzt ist er trotzdem ganz tief drin . . . Gott, ist dein Arsch aber heiß! . . . Du sträubst dich nicht mehr? . . . Es tut doch gut, was? . . . Ich fühle, jetzt spürst du's . . . Deine Fotze presst sich dicht um ihn . . . Kommt es dir schon, du Luder? Du bist ganz nass und dein Kitzler pisst mir auf die Finger . . . Jetzt geht's noch besser . . . Ja . . . So ist es gut . . . Halt! . . . Ein Kind will ich dir wenigstens nicht anficken, das wäre gemein."

Plötzlich zog er den Schwanz heraus, und die Haare, das Popoloch und die Backen überströmte er mir mit einer kolossalen Entladung.

Mit einem Satz sprang ich auf und stürzte wie toll davon.

„Steh dir wieder zur Verfügung . . . wann du willst!", rief er mir nach.

Es war mir glänzend gekommen bei diesem riesigen Schwanz, aber ich fühlte ein ebenso starkes Brennen wie damals, als ich meine Jungfernschaft verlor, und der Samen tröpfelte mir an den Schenkeln hinunter bis zum Knie. Ich stürzte in Mauds Zimmer, um mich schleunigst zu säubern. Ich erzählte ihr hastig, was vorgefallen war, und sie wollte sich gleich alles selbst besehen und mich waschen. Ich heulte, und wusste eigentlich nicht warum. Ungeduldig sagte sie:

„Warum weinst du denn? . . . Worüber beklagst du dich? . . . Es ist dir doch gekommen . . ."

Solchem Zynismus gegenüber fand ich keine Worte. Drei Tage später sah ich, wie Maud sich heimlich aus dem Garten zurückschlich . . . Ein paar Minuten später ging ich in ihr Zimmer hinauf . . . Sie saß auf ihrem Bidet . . .

Das Abenteuer hatte keine weiteren Folgen und wurde auch nie wiederholt.

Die Ferien standen vor der Tür und ein dringender Brief rief Maud nach Hause. Ich war in Verzweiflung, dass ich eine so liebe Freundin verlieren sollte, und ich war ehrlich traurig, als sie mir ohne weiteres sagte:

„Komm mit mir nach England. Meine Verwandten werden dich sehr gern bei sich sehen. Ich habe sie schon benachrichtigt."

„Das wird mein Onkel nie erlauben!"

„Meinst du? . . . Wir wollen mal sehen . . ."

Ganz erstaunt ging ich noch am selben Tag mit ihr zu meinem Onkel, der uns, wie ich schon erzählt habe, immer gleichgültiger behandelte. Maud führte mich in den Garten und zwischen den Bäumen zeigte sie mir etwas, wobei sie den Finger auf den Mund legte, um mir Schweigen zu gebieten.

Neugierig sah ich hin und erblickte meinen Onkel, der außer seiner Frau noch eine andere im Arm hielt. Ich fühlte mehr Ärger als Kummer und beschloss, nun abzureisen.

Die offizielle Einladung von Mauds Verwandten fand allgemeine Zustimmung, und so fuhren wir nach England.

KAPITEL V

Lord Lorely lebte auf sehr vornehmem Fuß. Seine Haushaltung wurde im großen Stil geführt und seine Dienerschaft war sehr zahlreich. Sein Sohn John, der in Eton studierte, stand ungefähr in meinem Alter. Er war ein sehr entwickelter, in jeder Art von Sport erfahrener, junger Mensch.

Die Mutter verkehrte außerordentlich viel in der Gesellschaft und war nur wenig zu Hause. Alle Welt lebte ganz im amerikanischen Stil. Man sah sich nur mal zwischen zwei Geschäften oder zwei Vergnügungen. Man traf sich zu Hause oder anderswo, um ein wenig miteinander zu plaudern oder eine Mahlzeit einzunehmen.

Kurz, jeder lebte nach seinem Belieben und ohne jede Kontrolle. Uns jungen Mädchen war eine nicht allzu strenge Gouvernante zugeteilt, die uns beaufsichtigen sollte . . . wenn es uns passte.

Aber sie war glücklich, sich ihren eigenen Angelegenheiten oder Vergnügungen widmen zu können, so oft wir ihr Urlaub gaben. Und wir hatten es so weit gebracht, dass sie uns nur noch bei den unvermeidlichen offiziellen Besuchen begleitete.

Wir waren mitten in den Ferien angekommen, wohnten in einer Villa am Meer und tummelten uns mit John wie losgelassene junge Füllen herum. Ich genierte mich nicht vor ihm, wenn wir zusammen badeten und er hatte die Augen immer offen, um meine keimenden Reize zu betrachten, die sich unter dem durchnässten, knappen Badekostüm sehr deutlich abzeichneten.

Morgens klopfte er manchmal an meine Zimmertür, damit ich mich schneller fertig machen sollte und auf meine Einladung kam er auch oft herein, während ich noch halb nackt bei der Toilette saß.

Ich hatte alle heuchlerische Scham weit von mir abgetan, und der dicke pausbäckige Junge guckte sich die Augen aus nach meinen Waden und Schultern. Man sah förmlich, wie er zum Leben erwachte und wie das Fleisch ihn zu reizen begann. Er erfand alle möglichen Vorwände, um mich überraschen zu können, und da er sah, dass ich nichts dagegen hatte, tat er es immer öfter und es wurde immer vertrauter mit uns.

Eines Tages traf er mich im Hemd und blieb verlegen in der Tür stehen.

„Warum kommen Sie nicht herein, John?“

„Ich . . . ich . . .“

„Was haben Sie heute nur? Kommen Sie und geben Sie mir einen Kuss, wenn Sie keine Angst vor mir haben.“

Lüstern drückte er seine Lippen auf meinen Hals, den ich ihm hinhielt, dann drehte er unbeholfen seine Tennismütze und sagte:

„Na . . . ist das alles?“

Noch einmal küsste er mich auf dieselbe Stelle und legte seinen Arm um meine Taille. Ich bog mich ein wenig zurück und bei dieser Bewegung sprangen meine kleinen Brüste unter dem Hemd noch deutlicher hervor. Er drückte über dem Hemd seine rechte Hand auf die eine und ich legte ihm meine nackten Arme um den Hals.

Ich zog seine Lippen zu mir und küsste ihn mit der Zunge, worauf seine Beine sofort zu zittern begannen. Schmeichelnd rieb ich mich an ihm wie ein Kätzchen, aber er rührte sich nicht und ich musste zu stärkeren Mitteln greifen. Ich fuhr ihm mit der Hand in die Hose und holte sein kleines Schwänzchen heraus, das hart wie ein Stück Holz war.

Endlich entschloss er sich, mir auch mit der Hand unter das Hemd zu fassen, und ich spreizte die Beine auseinander, um es ihm leichter zu machen. So brachte er einen Finger in meine Spalte, die ihn sofort tüchtig nass machte.

Er musste mich an der Hand zum Bett führen. Ich warf mich rücklings darauf hin und, nach einigem vorbereitenden Kitzeln, führte ich sein Ding an die Pforte des Allerheiligsten. In der Theorie wusste er schon Bescheid und drang sofort in das heiße und schon feuchte Löchelchen. Ich kreuzte die Beine über seine Hüften und mit lebhaften Stößen meines Hinterns half ich ihm bei dem Hin- und Herschieben. Heftig spritzte er in mich hinein und mir kam es noch stärker bei dem Gedanken, dass ich ihm seine Jungfernschaft genommen hatte.

Er ging, denn es wäre gefährlich gewesen, wenn er noch länger blieb. Aber von da an kam er immer an den Tagen zu mir, an denen ich nicht Maud bei mir hatte, oder ich klopfte an seine Tür, wenn Maud schon wieder in ihrem Zimmer war oder wenn ich von ihr zurückkam, denn um der Dienerschaft willen schlief jede von uns ein paar Stunden auch in ihrem eigenen Bett.

Mein kleiner Liebhaber ließ sich nicht lange bitten und ich ließ ihn auf jede mögliche Art genießen. Er war wie toll auf meine Brüste, die er sehr kunstvoll saugte.

Sein kleiner rosiger Schwanz reizte meine Lippen und ich leckte ihm wiederholt daran, wobei er jedes Mal laut schrie vor Lust. Sein weißer, rundlicher Körper verlangte förmlich nach Küssen und ich zeigte mich darin keineswegs sparsam. So verlebte ich eine ganz köstliche Zeit.

Wie schade, dachte ich, dass er Mauds Bruder ist! Wie herrlich könnten wir uns zu Dritt amüsieren!

Nach und nach — ich gestehe es offen — machte ich mich immer vertrauter mit dem Gedanken, sie müssten es miteinander machen; ein Gedanke, den ich zunächst mit aller Gewalt von mir wies, der aber immer wieder kam und den ich zuletzt für durchaus annehmbar hielt.

„Warum nicht?", sagte ich mir. „Wenn Maud nichts dagegen hat . . ."

Aber wie sollte ich das erfahren? Es war eine heikle Sache. Eines Tages saßen wir zusammen im Park. John schnitt einen zu weit vorstehenden Zweig ab und wir sahen ihm zu.

Da fasste ich Mut und sagte:

„Ein famoser Bursche ist dein Bruder! . . . So hübsch und kräftig! . . . Ein Glück für dich, dass du solchen Bruder hast! . . . Wär er mein Bruder, ich würde ihn den ganzen Tag abküssen!"

„So küss ihn doch, wenn es dir Spaß macht.”

„Oh, nein. Mein Bruder müsste er sein.“

„Wär er dein Bruder, würdest du es wie ich machen und ihn nur selten und brüderlich küssen.“

„Ich weiß nicht, ob meine Küsse sehr schwesterlich sein würden. Aber jedenfalls würde ich ihn oft liebkosen.“

„Das trautest du dich? ... Wenn er dein Bruder wäre? ...“

Ich sah ihr gerade in die Augen.

„Jawohl ... Und noch mehr! ... Und du? ...“

Sie antwortete nicht und ich fuhr fort: „Nimm einmal an — was natürlich unmöglich ist — dein Bruder würde dich zufällig und durch ein Missverständnis in seine Arme nehmen, was würdest du dann tun?“

„Töten würde ich mich deshalb jedenfalls nicht ... Aber das ist ja ganz unmöglich! ... Gegen meinen Willen? ... Einfach unmöglich!“

„Aber es würde dir nicht unangenehm sein?“

„Nein, gewiss nicht ... Er ist ein so hübscher Bursche ... Aber schließlich ist er doch mein Bruder ...“

Ich drang nicht weiter in sie. Mein Plan war fertig. Noch im Pensionat hatten wir uns einen Godmiché verschafft. Er stammte von einer älteren Schülerin, die nicht in der Pension selbst wohnte und das gute Stück ihrem Bruder weggenommen hatte.

Wir hatten uns dieses köstlichen Instruments hin und wieder bei unseren Spielen bedient.

Jetzt handelte es sich einfach darum, im Schutz der Dunkelheit das Instrument mit Johns Schwanz zu vertauschen, und die Sache war gemacht. Nachher ließ sich dann nichts dagegen machen.

Es machte mir keine Mühe, John zu dieser Kombination zu überreden. Er war von der Aussicht entzückt, in Zukunft von zwei Geliebten umschmeichelt zu werden. Die Ausführung war das reine Kinderspiel.

Als ich mit meiner Freundin im Bett lag — ihren Bruder hatte ich nackt hinter den Vorhängen versteckt — sagte ich ihr, ich hätte Lust, sie wie ein Mann zu lieben. Und nachdem ich ihre Grotte mit kundiger Zunge aufgegeilt hatte, band ich mir das Spielzeug um den Leib.

In diesem Augenblick drehte John das elektrische Licht ab und es wurde Nacht. Ich sprang aus dem Bett und sagte, ich wollte nachsehen, warum das Licht versagte.

„Wahrhaftig, es brennt nicht", erklärte ich. „Schlimm genug, aber dann müssen wir uns so behelfen."

Nun stieg John an meiner Stelle ins Bett und steckte ihn seiner Schwester hinein, die schon mit gespreizten Schenkeln in der richtigen Stellung lag.

Ich hörte ihr Stöhnen und, als sie fertig waren, drehte ich das Licht wieder an, das jetzt die Szene grell beleuchtete. Maud schrie auf und bedeckte sich die Augen mit beiden Händen.

„Oh, shocking! Shocking! Warum habt ihr mir das angetan? Ihr Bösen! Oh, ihr Bösen!"

Aber ihr Bruder bedeckte sie mit Küssen. Sein Schwanz steckte noch bei ihr drin, und da Maud die Arme hochgehoben hatte und ihn ihre blonden Achselhaare sehen ließ, küsste er sie zärtlich.

Dann hob er sich ein wenig hoch und betrachtete bewundernd ihre vollen Brüste, die er noch nie gesehen hatte. Stolz richteten sie ihre kleinen rosigen Knospen in die Höhe und er begann sie mit der Zungenspitze zu kitzeln.

Seine Schwester war besiegt und fühlte sich aufs Neue gereizt.

Sie fing an, den Bauch zu heben, und John stieß wieder hin und her in dem ganz überschwemmten Fötzchen. Sein Opfer hatte jetzt ihr vor verletzter Scham ganz rosiges Gericht enthüllt, aber die Augen hielt sie noch hartnäckig geschlossen.

John begann aufs Neue zu stöhnen und jetzt sah Maud ihm endlich ins Gesicht. Plötzlich fasste sie seinen Kopf mit beiden Händen, presste ihren Mund auf den des Bruders, steckte ihm die Zunge hinein und schlang ihre Beine um die seinen. Mit zarter Hand kitzelte ich ihn ganz sanft an den Eiern.

Und als ich merkte, dass die Entladung bevorstand, bohrte ich ihm einen angefeuchteten Finger in das enge Arschloch, sodass er sich krampfhaft auf den Leib der Schwester warf, die jetzt unter mächtigen Stößen ihres Hinterns entlud.

Nachdem sie sich gewaschen hatte, fiel Maud ihrem Bruder um den Hals und rief:

„Ach, du kleines Schwein, wie glücklich hast du mich gemacht! . . . Oh, war das gut! . . . Ich glaubte gar nicht, dass du schon ein so kräftiger Mann bist . . . Und so geschickt schon! . . . In meinen Augen warst du immer noch der kleine Bruder . . . ein Kind!

Bei wem hast du das gelernt? . . . Bei dir?", setzte sie hinzu und wandte sich zu mir. „Bei dir? Oh, du Schwein! . . . Aber das hast du gut gemacht! . . .

Ein kleiner Bruder ist so nett, ich bin immer noch ganz geil nach ihm! Komm, ich muss dich dafür entschädigen . . . Ich will dich lecken . . . Dich beißen! . . . Ich will dein Fötzchen verschlingen, bis du vor Wollust ohnmächtig wirst!

John, mein Herz, komm und hilf mir, bis sie vor Wonne stirbt. Sauge an ihren kleinen Brüstchen, während ich ihr den Kitzler, ihr süßes Zuckerplätzchen, lecke . . ."

Gierig warfen mich die beiden aufs Bett. Maud stürzte sich auf meine Mimi, aus der es schon spritzte, während ihr Bruder mir die Brust küsste, von den Achseln bis zum Nabel, bis er dann lange an den Knospen meiner Brüste saugte.

Als die Leckerin meine erste Entladung eingeschlürft hatte, reizte sie mich von neuem, indem sie mir die Schenkel saugte. Dann hob sie mir die Beine hoch, leckte mir die Arschbacken und steckte mir die Zunge ins Popoloch. Als mein Kitzler wieder hart geworden war, warf sie sich auf ihn und saugte mit vollendeter Kraft an ihm.

Dreimal pisste ich ihr vor Wollust auf die Zunge . . . Dreimal wurde ich glücklich und schrie zuletzt:

„Genug! Genug! Du machst mich tot!“

Leblos sank ich auf das Bett zurück, wo ich am nächsten Morgen allein, matt und wie zerschlagen erwachte.

Kapitel VI

Man kann sich denken, was wir drei jetzt alles für tolle Streiche machten und was für verliebte Spielereien wir ersannen. John war wie im Himmel. Wir sorgten dafür, dass er vor Freude laut aufschluchzte, wenn wir ihn zwischen unseren beiden Leibern hatten.

Eine von uns küsste er, während die andere sich auf ihn legte, mit dem Bauch auf seinem Hintern und mit den Brüsten auf seinen Schultern. Oder auch umgekehrt, mit dem Fötzchen auf seinem Nacken und mit den Lippen auf seinen Arschbacken oder mit der Zunge an seinen Eiern.

Er schrie vor Lust und wir vergnügten uns schon bei dem bloßen Anblick seiner Freude. Wir waren wie verrückt nach unserem kleinen Männchen, das wir von Kopf bis Fuß küssten und leckten. Besonders Maud war ganz toll auf ihn und stürzte sich kopfüber in die Blutschande, so tief sie nur konnte.

Sie leckte sein Schwänzchen und, zitternd vor Freude, schluckte sie seinen Samen, oder sie biss ihn in den Hintern, nachdem sie ihn wie rasend geleckt hatte.

Auch er schwärmte für seine Schwester, und wenn wir uns auf unseren Spaziergängen einmal setzten, um uns im Schatten auszuruhen, verschwand er, ohne ein Wort zu sagen, unter ihren Röcken und leckte sie mit heißer Zunge. Manchmal spielte er auch das Baby und verlangte nach ihrer Brust. Dann holte sie ihre reizenden Titten heraus und er saugte an ihnen ganz ernsthaft, während sie ihm mit der Hand in die Hose fasste und sein niedliches Säckelchen kitzelte. Ich sah ihnen dabei zu und wichste mir mit der Hand unter den Röcken einen ab oder ich hielt Maud mein Löchelchen hin und sie blies es mir auf.

Aber derartige Sitzungen durften wir nicht zu oft wiederholen, denn unser kleiner Verehrer magerte zusehends ab.

Übrigens gingen auch die Ferien zu Ende und John musste abreisen.

Unsere Liebeleien zu zweien aber wurden uns zu einförmig und wir suchten nach einer neuen Würze. Maud fand sie.

Sie war reich. Von ihrem Vater erhielt sie ein fürstliches Monatsgeld und sie konnte auch sonst über viel Geld verfügen. Und da sie ihr monatliches Einkommen gar nicht ausgeben konnte, sammelte es sich mit den Jahren immer mehr an, sodass sie schließlich ein hübsches Vermögen besaß.

Und sie wusste es gut zu verwenden. Zunächst mietete sie für uns eine eigene kleine Wohnung, die wir anfangs ganz allein benutzten. Aber Maud trug sich außerdem mit allerlei anderen Plänen, in die sie mich nur von Fall zu Fall einweihte, wenn sie zur Ausführung kamen.

Sie führte mich in Versammlungen der Quäker, dieser Puritaner von strengen Sitten und hochfliegender Frömmigkeit. Sie wollte sich dort eine Partnerin suchen, die unseren Spielen neuen Reiz verleihen sollte, und sie hoffte, dazu eine absolute Unschuld zu finden.

So pervers war sie.

Um nicht aufzufallen, erschienen wir in dunklen, einfachen Kleidern, sangen andächtig mit unseren vermeintlichen Gesinnungsgenossinnen mit und schlugen heuchlerisch die Augen nieder oder hoben sie begeistert gen Himmel.

Unsere Nachbarinnen im Tempel waren ganz erbaut von uns und namentlich galt das für ein siebzehn- bis achtzehnjähriges, bezaubernd schönes junges Mädchen, das ihre himmlischen Augen fast beständig zu Boden gesenkt hielt.

Sie selbst erregte Aufsehen durch ihre mustergültige Frömmigkeit. Wir machten ihre Bekanntschaft, als wir eine solche Versammlung verließen, und unsere Unterhaltungen mit ihr waren höchst erbaulich.

Maud beichtete ihr eines Tages ganz zerknirscht, sie hätte zuweilen fleischliche Versuchungen, derer sie kaum Herr werden könnte. Das junge Mädchen wurde blutrot und erwiderte:

„Oh, meine Freundin, meine teure Schwester in Christo, sagen Sie so etwas nicht! Beten Sie, beten Sie, und Sie werden nicht mehr in Versuchung geraten! Die Gnade wird über Sie kommen und Sie werden wieder reinen Herzens vor unseren Herrn treten!"

Maud, die sie auf die Probe stellen wollte, zitterte vor Freude bei dieser Antwort. Die glühende Puritanerin war wirklich rein in Taten wie Gedanken. Ein ideales Opfer für ihre Verführungskünste! Aber wie sollte sie das anstellen?!

In unserer Junggesellenwohnung, die zwei Ausgänge hatte, war das Zimmer gleich am Eingang als eine Art strenger, schlichter Kapelle eingerichtet, die auch dem eifrigsten Frömmler volles Vertrauen einflößen musste. Eines Tages bat Maud nun Judith — so hieß unsere neue Freundin —, sie möchte mit uns am Lager einer Sterbenden beten, die gläubig sei, wie wir, und die sie unseren Schwestern dem Herrn empfehlen möchte.

Judith war einverstanden, und da wir einen weiten Weg hatten, nahmen wir einen Wagen.

„Unser Vater im Himmel wird uns diese Bequemlichkeit im Hinblick auf unsere gute Absicht verzeihen."

Judith nickte und wir fuhren zu unserer Wohnung.

Ich war schon vorher instruiert. Wir konnten nicht daran denken, Judith durch bloße Überredung unseren Absichten gefügig zu machen. Mit dieser eifrigen Puritanerin mussten wir also zu anderen Mitteln greifen. Wir versuchten ihre Aufmerksamkeit von den Straßen abzulenken, durch die wir fuhren, und als wir ankamen, führten wir sie in eine dunkle Allee.

„Wir sind zur Stelle."

Wir waren in die Kapelle getreten und Maud bat uns, einen Augenblick Platz zu nehmen. Ich ließ Judith sich auf einen Sessel mit Rückenlehne setzen, und als sie saß, drückte ich auf eine Feder, durch die die Lehne sich zurücklegte, während gleichzeitig ein Querholz sich auf ihre Füße senkte, sodass sie sich absolut nicht bewegen konnte. So lag sie nach hinten zurückgelehnt und mit den Beinen in der Luft in einer höchst schwierigen Stellung. Sie begann zu schreien.

„Seien Sie still oder wir knebeln Sie!"

„Aber was wollen Sie von mir? Wer sind Sie? Gnade! Gnade!"

„Wir wollen nur ihr Bestes. Wir werden ihnen nichts Schlimmes tun ... Im Gegenteil! ..."

Mit gebundenen Gliedern trugen wir sie wie ein Paket in unser verschwiegenes Boudoir mit seinen gepolsterten Wänden. Sie wurde auf ein ziemlich hohes Sofa gelegt.

Ihre Beine und Arme wurden auseinander gespreizt und in dieser Stellung durch Riemen festgehalten. Während sie ununterbrochen flehte und schluchzte, gingen wir nun ans Werk.

Wir nahmen ihr den Hut und den einfachen Umhang ab und knöpften ihr die Taille auf. Ein plumpes Korsett wurde sichtbar und ein Hemd aus grober Leinwand, das viel zu eng eine junge, feste und runde Brust umschloss und verhüllte.

Das Korsett wurde geöffnet und das Hemd beiseitegeschoben ...

Und da ... da enthüllte sich vor unseren staunenden und vor Begierde funkelnden Augen ein weißer Busen mit zwei wundervollen Brüsten, zwei Brüsten wie hartgefrorener Schnee mit zwei blutroten Spitzen ... Mit gefalteten Händen standen wir in stiller Andacht davor und waren dabei geil wie ein paar Mönche. Beim Anblick dieser unberührten Brüste, die noch kein Blick entweiht hatte, vor diesen mehr als jungfräulichen Reizen steiften sich unsere Kitzler, als wüssten sie, welch Genuss ihnen bevorstand. Wir zitterten vor Freude angesichts dieser bebenden Scham, dieser jungfräulichen Angst und dieses zarten Fleisches, das unsere Hände antasteten und verliebt durchwühlten.

„Teufel seid ihr! Verfluchte Teufel!" Aber unsere Lippen küssten schon ihre Brüste und unter leichten schnellen Zungenschlägen, die wir öfter durch geschicktes Saugen unterbrachen, richteten sich die rosigen Spitzen in die Höhe ...

Die Natur war stärker als der Wille . . . Wir kitzelten und saugten sie noch einen Augenblick, dann gingen wir weiter und inspizierten die unteren Partien.

Das Kleid wurde hochgehoben, desgleichen ein bescheidener grauwollener Unterrock und eine unförmliche, geschlossene Hose wurde sichtbar, die bis über die Knie herunterging. Die Waden in großen schwarzen Strümpfen waren rund und wohlgeformt.

„Was tun Sie? Ich beschwöre Sie! Nicht da! . . . Nicht da! . . .“

Trotz ihrer Bitten gingen wir weiter.

Die Nonnenhose war im Nu aufgebunden und abgestreift und das Hemd aus grober Leinwand hoben wir bis zum Gürtel in die Höhe. Ganz bezaubert sanken wir in die Knie vor den geheimen Schönheiten dieser blühenden Jugend.

Göttliche Schönheiten, die wir mit frivolen Blicken entweihten . . . Schönheiten, von denen kein Mann und kein Weib eine Ahnung hatten, die nicht einmal ihre Besitzerin selbst kannte . . .

Schönheiten, die nie das Licht erblickt hatten . . .

Wundervolle runde und weiße Schenkel, die Haut des Leibes wie Seide; ein prächtiges, rötlich-blondes Schneckchen, unter dessen krausem Haar die kleine Spalte nur wie eine schmale rosige Linie zwischen den Schenkeln zu sehen war!

Wir beugten uns über sie, um besser sehen zu können und den aufreizenden Duft dieser blühenden Jungfräulichkeit zu atmen . . .

Maud legte sanft mit zitternden Fingern die kleinen Lippen der jungen Frucht auseinander und wir sahen den rosigen Kitzler, der einen zärtlichen Kuss zu begehren schien . . . Ein leichter Fleischduft wehte uns aus diesem jungfräulichen Fötzchen entgegen.

Ich machte mich sofort an die Arbeit, aber schon bei der ersten Berührung kam es mir so stark, dass ich die Schenkel zusammenpresste. Maud bemerkte das, sie fuhr mir mit der Hand unter die Röcke, um mich vollends fertig zu machen, während sie einen Finger in den

Arsch unseres Opfers bohrte. Judith bewegte heftig ihren Bauch und ihren Hintern. Tat sie es, um sich zu wehren?

Stöhnte sie so ununterbrochen vor Schmerz oder vor Vergnügen? Ich weiß es nicht, aber plötzlich wurden meine Zunge, meine Lippen, meine Nase, ja selbst meine Backen von einer Entladung überströmt, wie ich sie noch nie erlebt hatte.

Es rann ihr am Hintern die Kerbe entlang und ich hatte eine ganze Weile vollauf zu tun, um alles aufzulecken. Maud ließ mir kaum Zeit dazu.

„Gib mir von ihrem Parfüm!"

Ich hielt ihr meinen Schnabel hin, den sie ableckte. Dann nahm sie meine Zunge und saugte mir den Speichel aus, während ich ihr die Finger zum zweiten Mal nass machte . . . Dann warf sie sich auf unser keuchendes Opfer.

Ich wandte mich wieder Judiths Brüsten zu, deren Spitzen steif in die Höhe standen. Ich konnte nicht sehen, was Maud mit unserer jungen Unschuld machte, aber ich fühlte, wie immer wieder Schauer über deren Haut liefen, und nach kaum einer Sekunde warf sie aufs Neue den Bauch heftig hin und her.

In diesem Augenblick fasste Maud sich zwischen die Schenkel, begann zu arbeiten und stöhnte dabei ebenso laut wie unser Opfer. Als diese schluchzend zum zweiten Mal ihre Flut ergoss, jauchzte auch Maud hell auf vor Wollust und ich stürzte mich schleunigst auf das Zentrum ihres Vergnügens, um es ihr ordentlich zu machen.

Sie hätte am liebsten mit allen möglichen Künsten das Fest noch fortgesetzt, aber ich war vernünftiger und riet ihr, es dabei bewenden zu lassen. Wir hatten dieser bis dahin tadellosen Jungfrau unsere Zärtlichkeiten aufgezwungen.

Wir hatten ihre kleine nichtsahnende Keuschheit vergewaltigt und den Samen der Verderbtheit in ihren reinen Busen gestreut. Gegen ihren Willen hatten wir an ihrem entzückenden, unberührten Leib unsere Freude gehabt. Was blieb uns da noch zu tun? Und was schadete es, dass ihre Jungfernschaft rein physisch noch unverletzt war?

Das Idyll war zu Ende. Wir mussten uns darauf beschränken und nach anderen Liebeleien Umschau halten. Sie hörte auf mich und wir machten Schluss. Unser Opfer wurde wieder angekleidet, mit verbundenen Augen zu unserem Wagen geführt und in einem verkehrsreichen Viertel freigelassen. Scheu und schweigend ließ sie sich das alles gefallen.

KAPITEL VII

In dieser Zeit brachten verschiedene kleine Abenteuer, deren Heldinnen wir waren oder die wir als Zeuginnen miterlebten, unser Verhältnis zu neuer Blüte. Maud verstand es, mich immer aufs Neue zu reizen. Sie war wie toll in ihrer Verliebtheit und war glücklich, wenn sie es mir auf alle möglichen Arten machen konnte.

Zuweilen wurde sie sentimental und begleitete ihre Liebkosungen mit den zartesten Worten, die mir bewiesen, dass ihr Herz ebenso entflammt war wie ihre Sinnlichkeit.

Trotzdem habe ich sie stets mehr für pervers als für gefühlvoll gehalten und ihre Sentimentalität erschien mir nur als eine neue Würze, mit der sie unsere Empfindungen aufpeitschen wollte.

Völlig nackt lagen wir einander in den Armen, erst küsste sie mich fast keusch, um schließlich ihren Zärtlichkeiten einen ganz perversen Reiz zu geben, den sie aber mit schwärmerischen Worten begleitete.

„Oh mein Liebling", sagte sie manchmal und sah mir unendlich zärtlich in die Augen, „was sollte ohne dich aus mir werden, meine kleine Freundin, meine Frau, mein junger Gatte, mein Geliebter, meine himmlische Geliebte? Du bist mir alles, alles, wovon ich träumen kann, was ich begehre, was ich liebe! . . . Du bist schön und ich bete dich an! In dir ist alles vereint, das Reinste und das Betörendste. Manchmal kommst du mir keusch und kalt vor wie ein Heiligenbild, bald sehe ich den Engel der Wollust in dir verkörpert!

Du bist schön . . . Dein langes, zartes Haar legt sich um uns wie ein duftender, schmeichelnder Mantel. Deine blauen Augen blicken jungfräulich. Dein Mund ist eine lebende Frucht, aus der meine Zunge den Saft saugt, der mich berauscht. Deine Schultern, deine runden weißen Arme sind wie die eines jungen Mädchens. Deine schneeigen Brüste mit den Korallenspitzen scheinen noch nie das keusch verhüllende Korsett verlassen zu haben. Deine zarten Beine ruhen auf Kinderfüßen, deine runden und heißen Schenkel sind wie ein Schraubstock, in den ich mich pressen möchte bis zum letzten Atemzug. Dein junger Leib ist das weiche Kissen, auf dem ich träume, ich sei im Himmel, und dein Geschlechtsteil ist eine geheimnisvolle Blüte, eine duftige Orchidee: Ein Liebesmund mit zarter, kleiner Zunge, eine mystische, drohende Höhle mit seidenen purpurnen Wänden, in denen das Glück wohnt . . ."

Beglückt hörte ich ihrem Liebesstammeln zu, das sie mit immer wollüstigeren Küssen und Bewegungen begleitete. Sie liebkoste jeden meiner Reize, sobald sie von ihnen schwärmte, und ihre Hände, ihre Lippen, ihre Zunge, die Spitzen ihrer Brüste teilten sich diese zärtliche Mühe.

Alles war sanft und gut, und glücklich ließ ich mir alles gefallen. Nach unseren letzten Orgien erschien mir das wie ein friedliches, ruhiges Glück, und in meinem wirren Denken war ich noch Jungfrau und gab meinen unberührten Leib zum ersten Mal den Küssen der Geliebten preis.

Lange Zeit galten ihre Küsse und Zärtlichkeiten meinen kleinen weißen, molligen Füßen. Ihre spitze Zunge spielte zwischen meinen Zehen, die sie nacheinander in den Mund nahm und heiß und sanft an ihnen saugte.

Mit den Knospen ihrer Brüste kitzelte sie mir die Fußsohlen, bis an die Stelle der Brüste ihre Zunge trat. Und sie hörte nicht eher auf, als bis ich dies entnervende Spiel nicht mehr ertragen konnte.

Dann kamen die Beine, die Schenkel, die Hüften, die Brüste an die Reihe, und alles geschah so zart und lieb, dass mir fast die Sinne schwanden. Welch eine Künstlerin war sie im Lecken!

Manchmal kam sie mit leuchtenden Augen, roten Wangen und trockenem Mund, um mir mit vorgestreckter Zunge aus halboffenem Mund den Speichel zu saugen.

Dann suchte sie sich bald wieder ein neues Fleckchen aus. Lange leckte sie mich in den Achselhöhlen, bis sie sich wieder den Brüsten zuwandte, und oft lag sie, auf die Arme gestützt, wie eine Sphinx vor mir und versuchte in meinen sterbenden Augen die Wirkung ihrer Zärtlichkeiten zu lesen, bis sie eine neue empfindliche und noch nicht genügend erkundete Stelle fand.

Dauerte das lange? Eine Stunde? Vielleicht noch länger.

Als sie dann sah, wie ich ganz nass und erschöpft vor ungestillter Begierde war, hob sie mir die Beine hoch, legte mir ein Kissen unter die Hüften und leckte, saugte und biss erst ganz leise meinen Hintern und meine Spalte.

Wenn dann das Beißen allmählich stärker wurde und sie mir die Zunge in beide Löcher bohrte, bis ich vor Wollust laut schrie und heulte, und sie merkte, wie die Flut bei mir kam, die sie dann gierig aufleckte.

Dann richtete sie sich auf, legte sanft meinen Kopf auf ihre Brüste und wiegte mich zärtlich in ihren Armen.

Nach kurzer Ruhe begann sie mich dann aufs Neue zu reizen und auf immer wechselnde Arten meine Begierde wieder wachzurufen. Und so ging es eine ganze Nacht lang, ohne dass die sich von mir auch nur ein einziges Mal liebkosen ließ.

„Nein, nein, mein liebes kleines Töchterchen! Ich freue mich, wenn du genießest. Lass dir alles ganz still gefallen, lass dich lieb haben! Heut bin ich deine kleine Mama. Ein schweinisches Mamachen, das mit ihrem hübschen Töchterchen Blutschande begeht! . . .“

Pervers! Oh ja, sie war es bis in die Fingerspitzen! Manch anderes Mal machte sie mich erst mit der Zunge richtig geil und dann wichste sie mir mit geschickten Fingern am Kitzler, um es mir zu machen.

Dabei legte sie mir ihren linken Arm um den Hals, um an meinem Gesicht beobachten zu können, ob es mir bald kam.

„Ich sehe so gern zu, wenn du glücklich wirst, mein kleiner Liebling. Da, so ist dir's so gut? . . . Ah, kommt es dir? . . .“

„Ahhhhh . . .“

„Ja, spritz, spritz schön“, sagte sie, steckte mir die Zunge in den Mund und rieb mit ihrem Finger langsam und etwas stärker an meinem Kitzler, während ich unter heftigen Zuckungen fertig wurde.

Diese neuen Flitterwochen dauerten lange. Zwischen Nächten, die durchküsst wurden, verwöhnte mich meine kleine Mama, wie Maud sich nannte, mit zärtlicher Sorgfalt. Sie kümmerte sich um alles: Was ich aß, wie ich lebte, wie ich mich anzog.

Sie zeigte mir reizende Spazierwege im Park und im nahen Wald. Der Herbst war ausnahmsweise schön, wie im Feenreich wandelten wir eng umschlungen und schnäbelten uns wie ein paar junge Turteltauben.

„Gib mir deine kleine Zunge, Töchterchen“, sagte sie.

„Such' sie dir doch, liebes Mamachen!“

Und ich hielt ihr den halb offenen Mund hin, den sie durchwühlte, um mein rosiges Züngelchen zu finden. Das war entzückend und ich wurde so schwach, dass ich kaum stehen konnte.

Nach ein paar Schritten wiederholte sich die Szene mit einigen Variationen. Ein anderes Mal setzten wir uns ins Moos, ich ihr zu Füßen, mit dem Kopf auf ihren Knien und sie streichelte mir das Haar, das Gesicht, den Hals. Sie berührte mich dabei so zart, dass es mich durchschauerte. Das reizte auch sie und ich weckte ihre Begier noch stärker, indem ich meinen Mund auf ihre Schenkel drückte, sodass sie durch die Röcke hindurch meinen heißen Atem spürte.

„Willst du die Brust, mein Kleines?“

„Ja, Mama.“

Sie entblößte die eine Brust an der ich sanft saugte, während ich sie mit kundiger Hand tätschelte. Dann kam die andere Brust an die Reihe . . .

„Sauge recht schön, mein Liebling, trink die gute Milch, mein Kätzchen! Ach, wenn ich doch wirklich Milch hätte und du könntest dich von mir nähren. Ich wäre so gern deine richtige Mama.“

Ihre Augen blickten dann mit so tiefer Zärtlichkeit auf mich, dass ich ganz gerührt wurde. Ich hielt ihr mein rosiges Schnäbelchen hin und sie küsste es verliebt, während sie die Schenkel zusammen presste, als wollte es ihr schon kommen.

„Ich liebe dich, meine kleine Mama, ich liebe dich!“

„Ich dich auch, mein Töchterchen, ich bete dich an! . . . “

Wir waren so ganz ineinander versunken, dass wir gar nicht darauf achteten, ob uns jemand beobachtete. Und so hatte eines Tages eine Dame, die wir vom Ansehen als eine Nachbarin von uns kannten, volle Muße, uns von einiger Entfernung aus, zuzusehen.

Erst das Geräusch ihrer Schritte auf den welken Blättern ließ uns in die Höhe fahren. Ich stellte mich vor Maud hin, während sie ihre Taille in Ordnung brachte, und die Dame kam langsam und lächelnd auf uns zu.

Sie war eine etwas üppige, gut gewachsene Gestalt von etwa fünfunddreißig Jahren, eine Italienerin, wie wir gehört hatten, die aber sehr gut Englisch sprach. Sie war sehr elegant angezogen; weißes Leinenkleid, das wie der Hut mit kostbaren Spitzen garniert war. Ein roter Sonnenschirm beschattete ihr Gesicht.

Wir sahen sie näher kommen und hatten uns in unserer Überraschung wieder auf den Boden gekauert. Sie hatte uns übrigens erkannt und zu fliehen hätte also keinen Zweck gehabt. Wir fragten uns, ob sie wohl auch unsere zärtlichen Spielereien gesehen hätte, aber unsere hochroten Gesichter verrieten uns auch ohne das zur Genüge.

Sie redete uns liebenswürdig an und stellte sich vor:

„Frau Vetalina . . . Ihre Namen brauchen Sie mir nicht zu nennen, meine Damen. Ich kenne Sie schon lange . . . und besser, als Sie ahnen! . . . “

Sie lachte mit weißen Zähnen, ließ ihren Sonnenschirm fallen und reichte uns die Hände. Wir drückten ihr die Hand, aber sie zog uns näher zu sich heran und küsste uns, ohne dass wir in unserer Verwirrung daran dachten, uns dagegen zu wehren.

„So macht man bei uns zu Lande Bekanntschaften. Wollen Sie mir das Vergnügen machen, mich in meine Wohnung zu begleiten? Es ist nicht weit dahin, wie Sie wohl wissen werden. Wir könnten uns dann etwas näher kennen lernen. Ich bin Witwe und lebe allein mit meinem Töchterchen, sodass wir uns alle weiteren Förmlichkeiten wohl ersparen könnten."

Sie sagte das alles so liebenswürdig, dass wir ihre Einladung annahmen. Wir waren bald an Ort und Stelle. Sie bewohnte ein elegantes Haus, das wir im Vorbeigehen schon oft gesehen hatten. Das Innere entsprach in seinem Luxus dem Äußeren.

In einem kleinen Boudoir, das neben ihrem Schlafzimmer lag, wurden uns Erfrischungen vorgesetzt, und während wir an den Süßigkeiten knabberten schwand unsere Zurückhaltung und das Gespräch kam rasch in Fluss.

„Sprechen wir doch ganz ungeniert miteinander, meine Freundinnen ... Ich sage Ihnen offen, ich habe den Eindruck, als hätten Sie sich sehr lieb, ich könnte sogar sagen, ich weiß es genau", setzte sie klug lächelnd hinzu.

„Genieren Sie sich also nicht und küssen Sie sich ganz ruhig, wenn ihr Herz danach verlangt. Ich liebe derlei Zärtlichkeiten, namentlich zwischen Frauen. Und wenn Sie sich nicht scheuen würden, eine Frau zu küssen, die ihre Mutter sein könnte ..., so würde ich sehr gern von ihren süßen Lippen kosten ... "

Sie war wirklich verführerisch, als sie so sprach.

Mit ihren funkelnden schwarzen Augen blitzte sie uns dabei so zärtlich an und sah überhaupt so hübsch aus, dass ich keck erwiderte:

„Sie sind so liebenswürdig, gnädige Frau, dass ich Sie, wenn Sie wollen, mit dem größten Vergnügen küssen möchte. Aber Sie dürfen nicht von ihrem Alter reden, denn Sie sehen genauso jung aus wie wir."

„Ja freilich, mit einer dreizehnjährigen Tochter?"

Ich war aufgestanden und trat zu ihr. Sie nahm mich in die Arme, drückte mich an ihre Brust und presste ihre Lippen auf die meinen. Diese Italienerin verstand zu küssen! Ich konnte mich nicht halten, ich musste meine Zungenspitze zeigen, die sie sofort in sich hineinsaugte, sodass mir das Hemd feucht wurde. Jetzt kam Maud an die Reihe und ihr Kuss dauerte noch länger. Dann musste sie sich der Dame auf die Knie setzen und sie knöpfte Maud ohne Weiteres die Taille auf und holte ihre Brüste heraus. Verschämt ließ Maud es sich gefallen.

„Im Wald konnte ich diese entzückenden Brüste nicht genau genug sehen . . . Sie sind wundervoll!"

Sie streichelte und drückte sie mit den schlanken Fingern ihrer weißen, langen, wahrhaft vornehmen Hand. Sie kitzelte die rosigen Spitzen und drückte ihre Lippen darauf. Maud bewegte zuckend ihren Leib hin und her und lockte dadurch die andere Hand herbei, um sie dort zu kratzen, wo es sie juckte, wobei natürlich ihre hübschen Beine und weißen Schenkel entblößt wurden. Ich stürzte mich auf ihre freie Brust, und als es ihr nun kam, nahm ich auch ihre Zunge, die sie geil in die Luft streckte.

Maud wurde nach diesem edlen Genuss wie toll und warf sich auf mich, ohne auf die Dame Rücksicht zu nehmen. Sie hob mir die Röcke hoch und war sofort zwischen meinen schon feuchten Schenkeln. Mit ihrer flinken Zunge bearbeitete sie mich, während die Dame mir die Taille aufknöpfte, ihre Hand hineinstecke, mir die Brüste drückte, ohne sie herauszunehmen, die Spitzen kitzelte sie bald an der einen, bald an der anderen Brust, zwischen den Fingern drückte und im entscheidenden Augenblick mit ihrem roten Mund an meiner Zunge saugte.

Jetzt wollten wir sie für ihre Mühe entschädigen. Sie verstand uns, als wir sie so geil und bittend anblickten.

„Für heute bitte ich euch nur um eine kleine Liebkosung meiner Brüste", sagte sie. „Wollt ihr alle beide, meine Lieblinge?"

„Ja", . . . und ob wir wollten!

Sie gab uns ihre Brüste frei. Sie waren üppig, weiß mit zarten blauen Adern, die Knospen rosig und steif. Fest und gerade standen die Brüste von ihr ab und schon wollten wir uns ihrer bemächtigen.

„Wartet noch! Nur eine Sekunde!"

Sie ging in ihr Schlafzimmer und kam mit einer ziemlich großen Photographie zurück, die ein Mädchen von dreizehn bis vierzehn Jahren darstellte, das nur ein bis zu den Knien reichendes Hemd anhatte. Ihr gelöstes Haar wurde nur durch ein Band gehalten. Sie stand aufrecht da, mit einem Arm auf einem Sessel und mit einem Fuß auf einem Schemel, sodass ihr leicht gehobenes Hemd ein Knie sehen ließ. Sie war bildhübsch mit ihren schon entwickelten Waden und ihren lebhaften, klugen Augen.

Die Dame hielt diese Photographie in der linken Hand, hob sich die Röcke hoch und begann sich mit der rechten Hand zu reiben, während sie keinen Blick von dem Bild ließ. Wir waren darüber erst etwas verblüfft, dann aber dachten wir an unsere Pflicht gegen die Dame und jede nahm eine der rosigen Knospen ihrer Brüste in den Mund.

Als es ihr kam, rief sie plötzlich:

„Ach, meine Lucette! Mein Kind!"

Und einen Augenblick lag sie wie leblos.

Als wir unsere Kleider wieder in Ordnung gebracht hatten, fragte Maud sie, wer das junge Mädchen wäre. Mit noch halb geschlossenen Augen bedeckte sie dann das Bild mit Küssen und sagte:

„Seht, wie schön sie ist! Ein Engel an Anmut! . . . Und dies duftige rosige Knöspchen!" Und wieder küsste sie stürmisch das schöne Bild.

„Aber wer ist es? . . . Wer ist es? . . . "

Da zog sie uns beide an sich, küsste uns und sagte: „Es ist meine Tochter! . . . "

Kapitel VIII

Reich, unabhängig und hübsch konnten wir uns so ziemlich alle Ausschweifungen gestatten. Und ich kann versichern, wir sind darin nicht schüchtern gewesen. An verliebten Freundinnen fehlte es uns nicht, ja es kam uns ihrer eine ganze Menge unter die Hände, wobei man den Ausdruck „Hände“ keineswegs ganz wörtlich zu nehmen braucht. Unter anderen trafen wir auf einem Jungmädchenball auch eine frühere Freundin von Maud und sie wurde für einige Tage unsere Gefährtin.

Sie gestand uns, dass sie fortgesetzt in Beziehungen zu ihrer Erzieherin stand, einer wundervoll gewachsenen Französin von dreißig Jahren. Sie wurde nun auch zu unseren kleinen Veranstaltungen geladen und so bildeten wir ein Quartett, wie es nicht allzu häufig zu finden sein mag. Zur Feier unserer jungen Bekanntschaft tranken wir Champagner und völlig nackt stießen wir mit unseren Gläsern an und tranken auf unsere Liebe.

Fräulein Germaine, die Erzieherin hatte eine geradezu klassische Figur. Voll, aber ganz ebenmäßig gewachsen, verkörperte sie so recht den Begriff „Wcib“, das richtige Weibchen. Mich persönlich hatte sie sofort betört und mit hungriger Gier stürzte ich mich auf sie.

Noch nie hatte ich eine so vollendet geformte Frau wie sie, noch nie eine so üppig reife Frucht geliebt. Und so konnte ich von ihr auch gar nicht genug bekommen. Ihre Brüste, ihr Bauch, ihr Arsch, ihre Schenkel, ihre Fotze, die unter prächtigem schwarzem Kraushaar versteckt lag, alle diese Reize machten mich rein toll und ich hätte am liebsten zehn Paar Lippen gehabt, um sie an zehn verschiedenen Stellen zugleich küssen zu können. Und sie schien meine kleinen Talente ganz außerordentlich zu schätzen, denn sie gab mir dafür die feuchtesten Beweise, an deren Duft ich mich berauschte. Dieser Duft machte mich immer wieder geil auf sie, und mit unerhörter Wollust bohrte ich meine Zunge in ihre beiden Liebeslöcher.

Sie lag dabei auf einem Teppich und ich steckte meinen Kopf zwischen ihre hoch gestreckten, gespreizten Schenkel. Dann zog sie meinen Hintern über ihre Nase und biss und zupfte mich derart an meinen Härchen, dass mein Arsch in die tollsten Zuckungen kam, bis ich ihr das ganze Gesicht bespritzte.

Inzwischen erneuerten die beiden Freundinnen ihre Bekanntschaft und küssten sich verliebt an ihren beiden Schnäbelchen oben und unten, und wiederholten so mit gleichem Genuss ihre früheren Spiele.

In einer Zwischenpause erzählte uns Germaine, wie sie verführt worden war, und es lohnt, diese Geschichte hier niederzuschreiben. Es geschah in Frankreich in einem Klosterpensionat. Sie war damals kaum dreizehn Jahre alt, sehr fromm und ganz unschuldig, als sie die edle Aufklärung über diese reizende Kunst erhielt. Die Oberin, eine schöne, üppige Frau von etwa vierzig Jahren stellte mit Unterstützung des Almoseniers, eines kräftigen, ziemlich ebenso alten Mannes, die edlen Versuche mit ihr an. Als die Kleine einmal besonders brav gewesen war, wurde sie zu der Oberin gerufen, bei der sich auch der Priester befand. Dieser schenkte dem Kind ein schönes Heiligenbild, auf dem die Jungfrau Maria dargestellt war, wie sie dem kleinen Jesus die Brust gab. Er wies darauf hin, wie erbaulich und anmutig das Bild war, und erklärte dann, er fände eine auffallende Ähnlichkeit zwischen Germaine und dem Jesusknaben, ebenso wie zwischen der Jungfrau und der Oberin.

„Ich bin überzeugt“, sagte er, „wenn ihr beide die gleiche Stellung einnehmen wolltet, würde diese Ähnlichkeit noch frappanter sein.“

In schweigendem Erröten schlug Germaine die Augen nieder und die Oberin sagte:

„Da Hochwürden uns diesen Vorschlag macht, muss er ebenso fromm wie erbaulich sein. Wollen wir es versuchen?“

Die Kleine hatte so vollkommen Vertrauen zu dem Priester, dass sie es geschehen ließ. Die Oberin öffnete ihr Brusttuch, und holte eine prächtige, üppige, weiße Brust heraus. Dann nahm sie Germaine auf den Arm und steckte ihr die Brustwarze in den Mund.

Die Kleine wurde ganz verwirrt und versuchte ein paar Mal schüchtern daran zu saugen, dann fasste sie sich und sog ziemlich kräftig. Die Oberin seufzte ein wenig, aber dabei beließ man es vorläufig und befahl der Kleinen nur, sie dürfte ihren Gefährtinnen nichts davon erzählen. Und der Priester schloss sich mit der Oberin mit dem entblößten Busen ein.

Der ersten Sitzung folgte sehr bald eine zweite. Um das Bild noch ähnlicher zu machen, sagte die Oberin, die diesmal allein war, zu Germaine, sie sollte auch nur das Hemd anbehalten, wie das Kind auf dem Bild. Aber die Kleine wollte nicht und ließ den Kopf hängen.

Da machte die Oberin ihr jedoch klar, was der kleine Jesus zeigte, könnte sie ganz ruhig auch sehen lassen, und unter Frauen hätte das überhaupt gar nichts auf sich. Endlich entschloss sich die Kleine dazu und die Schwester, die ihre Taille abgelegt hatte, zeigte ihre zwei üppigen Brüste, die noch völlig fest waren.

Germaine saugte abwechselnd an beiden, und die improvisierte Amme schien hochbefriedigt davon zu sein. Seufzend rutschte sie auf ihrem Sessel hin und her und streichelte die schlanken Beine ihres Säuglings, dessen Hemd sie bis über das Knie hob, sodass sehr niedliche Säckelchen sichtbar wurden.

Nach einiger Zeit aber merkte sie, dass noch jemand anderes im Zimmer war, und wollte sich aufrichten. Tatsächlich hatte sich der Priester heimlich hereingeschlichen. Er saß nun bei dem Paar und bückte sich, um besser unter das Hemd der Kleinen sehen zu können. Diese wollte es herunterziehen, aber die Schwester hielt sie fest und der Priester sagte:

„Fürchte nichts, mein liebes Kind! Mein heiliges Amt hält alles Böse fern. Ich darf dich betrachten und — setzte er hinzu — dich sogar berühren — bei diesen Worten fasste er sie zwischen die Schenkel, die von der Oberin auseinander gebreitet wurden — ohne dass es im geringsten Sünde für dich wäre! Übrigens werde ich die Schwester, die auch eine heilige Frau ist, vor deinen Augen in der gleichen Weise berühren, ohne dass sie eine Sünde darin findet . . . Da, schau her . . . “

In der Tat betastete er jetzt die Brüste der Nonne, hob ihr die Röcke hoch und spielte ihr mit großem Eifer am Bauch und zwischen den Schenkeln. Auf diese Weise sah Germaine das prächtige Fötzchen der Schwester. Sie war sehr erstaunt, denn bei ihr selbst sprossen nur wenige Haare.

Die heilige Frau stöhnte immer heftiger und zog den kleinen Neuling zu sich heran, um ihn zu küssen. Einen Augenblick presste sie ihre Lippen auf den jugendlichen Mund. Inzwischen war die Hand des Priesters an Ort und Stelle geblieben, und nach ein paar Sekunden stieß die Schwester einen langen Seufzer aus und drückte die Kleine an ihre Brust, wobei Germaine sie erstaunt und verwirrt ansah.

„Du siehst, mein Kind“, sagte der Priester, „in welche Verzückung fromme Menschen bei einer so einfachen und heiligen Berührung geraten. Wenn du ganz brav, fromm und verschwiegen bist, kann es sein, dass ein frommer Engel auch zu dir kommt, während du schläfst, und dich die gleichen Freuden genießen lässt. Kleide dich jetzt wieder an, mein Kind, und zieh hin in Frieden.“

In der Nacht darauf, als Germaine schon eingeschlummert war, streiften weiche Lippen die ihren und eine sanfte Hand streichelte zärtlich ihre jungen Reize. Sie wurde halb wach und eine Stimme flüsterte ihr ins Ohr:

„Schlaf, meine Taube, und lass mich machen.“

Mit halb offenen Augen sah sie, dass der gute Engel sich die Züge der Oberin geliehen hatte, aber sie fühlte ihre Sinne ein wenig gereizt und rührte sich nicht. Die sanfte Hand nahm weiter ihren Weg, sie spielte zuerst an ihren kleinen, noch kaum hervortretenden Brüsten, strich über den niedlichen kleinen Bauch und die Schenkel und drang zwischen sie, sodass sie sich mehr und mehr auseinander spreizten. Dann schob sich ein suchender Finger in die jungfräuliche Spalte, was ihren ganzen Körper leicht erbeben machte und spielte so leise und zart darin, dass die Kleine bald spritzte und laut aufgeschrien hätte, wenn ihr der Mund nicht durch einen Kuss verschlossen worden wäre. Dann verschwand die Erscheinung.

Das Schwerste war getan. Das Weitere entwickelte sich schnell. In den Händen der geschickten Lehrerin, die derartiges schon öfter erprobt hatte, wurde sie bald wie weiches Wachs und ließ alles mit sich machen.

Der Weihwedel des Priesters wurde getätschelt, geküsst und schließlich gesaugt, damit sie seinen Segen empfing, den er ihr in den Mund spritzte. Sie selbst ließ sich auf alle denkbaren Arten liebkosen, mit Finger und mit Zunge, und da sie den Geschmack der üppigen Nonne kannte, zog sie ihr, sobald sie allein waren, die Taille aus und saugte an ihren dicken weißen Brüsten. Wenn sie dann genügend aufgegeilt hatte, verschwand sie unter ihren Röcken, um an ihrem steifen Kitzler das Werk zu vollenden. Sie war schon vollkommen im Bilde und bewies hervorragende Talente.

Mit vierzehn Jahren war sie schon voll entwickelt und der Abbé, der sie bis dahin nur gewichst und geleckt hatte, besah sich begehrlich ihren runden, weißen Arsch und träumte schon davon, ihr sein Ding hineinzustecken. Aber wenn sein Schwanz auch nicht übertrieben dick war, so war er für einen jungfräulichen Hintern immerhin zu gefährlich, und so beschloss er, sich durch einen kleineren Schwanz den Weg bahnen zu lassen.

Ein junger blonder Chorknabe von etwas weibischen Manieren, aber schon verderbt bis ins Mark, dessen sich der Abbé manchmal zur Abwechslung bediente, wurde für diese Operation auserlesen.

„Mein kleiner Freund“, sagte er zu ihm, „ich habe nichts dagegen, dass du den Schülerinnen gelegentlich dein Schwänzchen hineinsteckst, aber, wohl verstanden, nicht von vorn. Sonst könnte es dir wie ihnen schlecht gehen und ich würde dir das nie verzeihen!“

Man betraute deshalb Germaine mit verschiedenen kleinen Dienstleistungen in der Kapelle und stets hielt sich der blonde Cherubin in ihrer Nähe in seinem Kostüm als Chorknabe: Sutane, kurzes Mäntelchen, gesticktes Chorhemd, weiße Strümpfe und kleine rotseidene Schuhe. Er sah zum Anbeißen aus und es fehlten ihm nur ein paar Flügel. Seine Anmut machte Eindruck auf Germaine.

Auch ihn frappierte die Schönheit des jungen Mädchens, die all seine lasterhaften Instinkte hell auflodern ließ.

„Ach, Fräulein, Sie sind schön wie eine Madonna!“

„Und Sie sind hübsch wie ein Engel!”

„Ich möchte wirklich einer sein . . . Ich würde in Ihrem Schlaf über Sie wachen und Sie zärtlich liebkosen.“

„Ja, aber Sie können doch nicht bei mir sein, wenn ich schlafe . . . Und Ihre Liebkosungen . . . Sie sind doch nicht heilig wie die von Hochwürden und der Frau Oberin! . . . “

„Glauben Sie, dass es deshalb weniger Vergnügen macht?“

Während dieser Unterhaltung war Germaine auf eine kleine Leiter gestiegen, um etwas in Ordnung zu bringen, und der junge Spitzbube, der ihr die Leiter hielt, fuhr mit einer Hand unter ihre Röcke und kitzelte Sie am Hintern.

„Hören Sie doch auf! Wenn jemand kommt! . . . “

„Ich weiß einen Ort, wo uns niemand sehen kann . . . “

Weiß Gott, seine Hand war so sanft, wenn auch noch ein bisschen ungeschickt! . . . Sie folgte ihm in eine kleine Kammer hinter der Sakristei und dort begann er, sie vorn und hinten zu wichsen.

Sie wurde ganz aufgeregt und machte unter seiner Sutane höchst merkwürdige Entdeckungen. Der Bengel hatte darunter nur ein Hemd an, eine Gewohnheit, zu der der Herr Almosenier ihn angelernt hatte.

Sein kleiner Schwanz war ganz steif, und kaum hatte Germaine ihn angefasst, so spritzte er ihr auch schon in die Hand.

Dann kniete sie sich hin, hob ihm Sutane und Hemd hoch und begann an seiner niedlichen Zuckerstange zu lutschen, wobei sie hin und wieder auch an den kleinen Eiern leckte. Dem Chorknaben stand er sofort wieder und nun machte er ihr seinen neuen Vorschlag. Das Mädchen, das vor Geilheit schon ganz wirr im Kopf war, ließ sich in die richtige Stellung bringen, stützte sich mit den Händen auf die Erde und hielt den Arsch hoch in die Luft.

Er küsste den jungfräulichen, weißen Hintern, der in seinem vollen Glanz vor ihm prangte. Das kleine, haarlose Loch, das halb versteckt in der Kerbe lag, feuchtete er mit nasser Zunge an, steckte sie ihr möglichst weit hinein und bohrte dann seinen Schwanz in ihren Hintern.

Erst machte ihm das einige Schwierigkeiten, aber nach kurzem Kampf bekam er zunächst die kleine Eichel hinein, der dann mit kräftigem Stoß das Übrige folgte.

Schonungslos stieß er seinen Schwanz wie rasend hin und her. Schon nach ein paar Stößen entlud er und die Kleine machte ihm die Finger nass, mit denen er ihr am Kitzler spielte.

Als sie sich trennten, waren sie höchst zufrieden miteinander, ohne zu ahnen, dass der Priester und die Oberin, die sie durch ein Fensterchen beobachtet hatten, sich nun sofort an dem gleichen Spiel ergötzten.

Kapitel IX

ihre Schülerin als Favoritin in der Mitte, und während sie dieser das Fötzchen leckte, wichste sie uns mit den Fingern, bis wir vor Wollust fast ohnmächtig wurden.

Um sie zu entschädigen, warfen wir uns nun alle drei auf Germaine. Sie musste sich so hinlegen, dass ihr Kopf etwas tiefer und der Bauch höher lagen. Maud machte sich an das Fötzchen, ich lag seitlings unter ihren hochgehobenen Schenkeln und leckte ihr den Hintern, während ihre Schülerin sie an den Brüsten kitzelte. Sie spritzte zweimal sehr reichlich und schrie ganz laut, wir sollten aufhören. Wir tranken nun etwas Champagner, was auf folgende Art geschah:

Maud wurde auf das Sofa gelegt, sodass zwischen den Beinen die Schnecke deutlich hervorstand. Eine von uns nahm einen Schluck Champagner in den Mund, breitete die Lippen ihres Löchelchens auseinander und spritzte ihr den Champagner hinein. Dann kam eine von uns und leckte ihn aus. Nach der Reihe tranken wir alle drei in gleicher Weise und machten dann den von Tränen der Lust ganz überschwemmten Becher wieder trocken.

Jetzt war ich an der Reihe, meine offene Schale den Lippen der drei Schleckerinnen darzubieten, bis ich dann wieder trocken geküsst wurde, was ganz köstlich war. Dann folgte in gleicher Weise unsere junge Freundin und endlich Germaine. Ich trank als letzte aus ihr, und als ich sie so zärtlich als möglich mit der Zunge säuberte, zuckte ihr Bauch vor Wollust krampfhaft auf und nieder, bis sie mir den süßen Liebessaft in den Mund spritzte.

Unsere Spiele zu Viert gingen noch eine ganze Zeit lang weiter und sie boten uns stets so viel Neues und Überraschendes, dass wir unter der Leitung unserer liebenswürdigen Leckerin, die unserer lesbischen Erziehung den letzten Schliff gab, ihrer nie müde wurden. Aber als eines Tages Maud und ich allein spazieren gingen, erblickten wir plötzlich Miss Judith, die uns entgegenkam und die uns nicht mehr ausweichen konnte. In stummem Einverständnis drehten wir die Köpfe zur Seite, damit sie uns nicht erkennen sollte, aber ganz unvermutet blieb Judith vor uns stehen, fiel Maud um den Hals und küsste sie zärtlich.

„Einen ganzen Monat hab ich euch gesucht . . . Nun find ich euch endlich wieder! . . . “

Und immer wieder küsste sie uns beide ab. Unter diesen Umständen war natürlich von Böse sein keine Rede mehr. Schleunigst nahmen wir einen Wagen, fuhren in unsere Wohnung und feierten sofort die wollüstigste Orgie. Judith, die wir eingeweiht und verführt hatten, war eine richtige Bacchantin geworden. Sie genoss unsere gemeinschaftlichen Liebkosungen und machte auch uns beide glücklich.

Der Samen war bei ihr aufgegangen! Für die zärtliche lesbische Liebe war sie ganz besonders veranlagt und sie erzählte uns, dass sie ihre strenge Tracht nur beibehalte, um die Versammlungen der Gläubigen weiter besuchen und dort Schülerinnen finden zu können.

Sie war sehr schön und prachtvoll gewachsen. Unter ihrem groben Gewand trug sie die eleganteste Wäsche. Maud wollte sie mit dem Godmiché entjungfern, aber sie ließ das nicht zu und sagte, in ihrer Sekte könnte sie keinen Liebesgenossen, ob Mann oder Weib, finden, wenn sie nicht mehr Jungfer wäre.

Aber zur Entschädigung bot sie uns ihren weißen, rundlichen Hintern, auf dem ich sie nun mit Küssen und Beißen überschüttete, bis ich schließlich fast ohnmächtig wurde und ihr den Gummischwanz hineinsteckte, während meine Hände an ihren beiden Brüsten spielten und Maud ihr wie toll am Kitzler saugte, damit sie den Schmerz vergaß, den sie bei der Entjungferung ihres Hintern naturgemäß empfinden musste.

Die gewandte Leckerin spielte ihre Rolle so glänzend, dass Judith wie ohnmächtig zu Boden sank, als ich ihr die Milch aus dem Godmiché in den Arsch spritzte. Mir kam es gleichfalls, und Maud, die mit dem Kopf unter Judiths Schenkeln lag, leckte und biss immer weiter, während sie sich mit der Hand an ihrem Kitzler spielte, bis ihr Bauch und ihre Arschbacken immer heftiger zuckten und auch ihr der Samen entströmte.

In allen möglichen Stellungen amüsierten wir uns immer wieder und nach einem langen Liebeskampf erzählte uns die unersättliche Judith, die vom Dämon der Wollust jetzt völlig beherrscht war, sie hätte sich in den Kopf gesetzt, ihren fünfzehnjährigen Vetter zu verführen, aber der junge Mensch, der sehr fromm und noch ganz unschuldig war, wies jede Zärtlichkeit weit von sich. Er wollte Geistlicher werden.

„Wenn er nicht hören will", erklärte Maud energisch, „werden wir ihn ganz einfach vergewaltigen! Sieh nur zu, dass du ihn zu uns bringst. Dann versteckst du dich und das Übrige ist meine Sache."

Und so geschah es. Das Rendezvous wurde für den nächsten Tag festgesetzt. Ich legte genau solch ein Gewand an, wie Judith es trug, und fasste an ihrer Stelle in der dunklen Allee Posto.

Er wurde in die Kapelle geführt, setzte sich auf den verhängnisvollen Stuhl, sodass er sich nicht mehr bewegen konnte. Die Augen wurden ihm verbunden und, als er nach Judith rief, sagte ich ihm, das Schreien hätte keinen Zweck, Judith sei nicht da, und ich drohte, ihn zu knebeln.

Er wurde auf das Sofa gebracht, auf dem das Opfer vollzogen werden sollte. Wir banden ihn in der gewünschten Stellung fest und zogen uns dann vollkommen nackend aus.

„Mein junger Freund", sagte Maud, „Sie haben nichts von uns zu befürchten! Während Sie die himmlischen Freuden erwarten, nach denen Sie streben, wollen wir Sie etwas von anderen Freuden kosten lassen, die zwar irdischer Natur aber deshalb nicht weniger gut sind.

Und ich glaube, Sie werden auch diese zu schätzen wissen, sobald Sie sie einmal probiert haben."

Nach diesen Worten beugte sie sich über ihn und streichelte ihm das Gesicht mit ihren vollen Brüsten. Eine nach der anderen liebkosten wir in der gleichen Weise unser Opfer, dessen Wangen sich dabei ganz rot färbten.

Aber Judith fasste ungeduldig schon in seine Hose. Sie knöpfte sie auf, kniete nieder, hob ihm das Hemd hoch und holte seinen kleinen rosigen Schwanz heraus, der unter ihren weichen Händen und nach unseren vorausgegangenen Liebkosungen sich schon straff aufrichtete.

Voller Bewunderung betrachtete sie ihn, ließ ihre Hände über seinen Bauch, die Schenkel und die Eier gleiten, kitzelte mit den Fingerspitzen das niedliche Dingelchen und warf sich dann mit gierigen Lippen auf ihn.

Wir hörten ein Stöhnen, und das Kind begann leise murmelnd zu beten . . . Seine Kusine bearbeitete ihn derweil mit zärtlicher Zunge, leckte die kleine Säule von oben bis unten, ließ sie um die Eichel spielen und glitt zu den Eiern hinab. Dann stieg sie wieder nach oben, nahm die rosige Eichel in den Mund und saugte daran wie an einer Frauenbrust.

Wieder überwand die Natur den Willen und der junge Schwanz zuckte in heftigen Stößen. Maud stand mit glühenden Wangen dabei und ihre gierigen Augen verschlangen förmlich das geile Spiel.

Dann flüsterte sie Judith etwas ins Ohr und diese nickte zustimmend. Maud entblößte dem jungen Mann die Brust, setzte sich rittlings auf ihn, steckte sein Schwänzchen in die Scheide, legte sich lang auf ihn und stieß mit dem Hintern kräftig zu.

Von Zeit zu Zeit hielt sie inne, aber sie behielt den Schaft bis an die Wurzel in ihrem heißen Loch, während sie mit ihren Brüsten dem jungen Mann den Busen kitzelte. Dann setzte sie sich wieder sanft in Bewegung, stützte sich auf die Hände und saugte sich mit ihrer feuchten Mimi an dem steifen jungfräulichen Schwanz fest . . . Als sie endlich an seinen Stößen spürte, dass es ihm kam, begann auch sie energisch zu reiten, und stoßweise empfing sie seinen heißen Samen, während auch ihr der Saft reichlich entspritzte.

„Oh, was haben Sie mit mir gemacht? . . . Ich war wie im Himmel! . . . Ich habe Engel gesehen! . . . “

Man band ihn los, das Tuch wurde ihm von den Augen genommen und seine Kusine fiel ihm nackt um den Hals.

„Muss man erst Gewalt gebrauchen, du Schaf, um dich das süße Spiel zu lehren? Wie denkst du jetzt darüber?“

Er erwiderte ihre Küsse.

„Oh, du hast das mit mir getan? Du? . . . “

„Nein, nicht ich habe dir die Unschuld geraubt, aber was tut das? . . . Ich will dich auch gleich lieb haben.“

Er sah uns alle drei an und seine Augen berauschten sich an unserer hüllenlosen Schönheit. Er stand ihm schon wieder.

Er musste sich hinlegen und jetzt nahm Judith seinen Schwanz in den Mund, obwohl er noch nass war von Mauds Samen, und jetzt saugte sie an dem steifen Spieß. Nach einer Sekunde richtete sie sich auf.

„Warte, du sollst noch mal glücklich werden! Küss mich hier! . . . “

Dabei setzte sie sich rittlings auf sein Gesicht und ließ sich die Fotze lecken, während ich sein Pferdchen bestieg und mir seinen Schwanz ins Loch steckte. Ich ritt langsam und leckte dabei Judith den Rücken und Hintern, während Maud mir das Arschloch küsste.

Judith entlud zuerst und blieb in ihrer Stellung. Dann spritzte ich und dabei zog sich meine Scheide so krampfhaft zusammen, dass mich der junge Mensch unter lautem Freudengeschrei mit seinem Samen überschwemmte.

Judith stürzte sich wie toll auf mein Loch und leckte den Samen ihres Vetters so raffiniert auf, dass es mir gleich noch einmal kam. Als ich mich umdrehte, sah ich Maud in der Stellung von 69 auf dem Jungen liegen. Sie leckte seinen Schwanz sauber und pisste ihm vor Vergnügen ins Gesicht.

KAPITEL X

Judith war ganz glücklich, dass sie ihren kleinen Vetter verführt hatte und ihn nun ganz nach ihrem Belieben benutzen konnte. Sie nahm ihn gleich mit, wie die Katze eine Maus fortschleppt, und dankte uns herzlich für unsere Beihilfe.

Maud und ich aber hatten noch Appetit und es bedurfte noch mancher Zärtlichkeiten zwischen uns, ehe das Feuer gelöscht war, das uns zwischen den Schenkeln glühte. In der Form der 69 lagen wir übereinander und mit gewandter Zunge entlockten wir unseren Mimis noch zweimal reichliche Tränen.

Judith, die uns ihre Adresse gegeben hatte, wurde von uns wiederholt besucht, und der kleine Vetter war gar nicht zufrieden, dass er von uns nur geleckt wurde. So steckte er denn seinen jungen Schwanz mit Vergnügen in unsere unersättlichen Fotzen.

Ich riet seiner Kusine denn, sie solle sich von ihm in den Arsch vögeln lassen; und da sie entschlossen war, den Vetter auf jede Weise an sich zu fesseln, war sie damit einverstanden. Heldenmütig ertrug sie die ersten Versuche, die für einen fast noch jungfräulichen Hintern ja stets etwas schmerzhaft sind. Dann sagte ihr die Sache immer mehr zu und von da an funktionierte die junge Ehe fast ganz ohne uns.

Wir mussten uns nun wieder an Germaine und ihre Schülerin halten. Übrigens war es unter allen weiblichen Wesen gerade diese Erzieherin, diese leidenschaftliche Frau, die uns am geilsten machte.

Ich wurde schon ganz verwirrt, sobald sie mich mit ihren lachenden, schweinischen Augen nur ansah, während zwischen ihren Lippen die spitze, leckere Zunge sichtbar wurde.

Hatte sie meine Verwirrung bemerkt, dann kam sie zu mir, ohne den Blick von mir zu wenden, und küsste mich ganz zart, sodass ich unten sofort nass wurde. Immer lächelnd trat sie dann einen Schritt zurück, hob die Röcke hoch und ließ mich durch den Schlitz in ihrer

Hose ihr Fötzchen sehen. Sie breitete die Beine auseinander und mit den Fingern öffnete sie die Lippen ihrer Mimi. Ich warf mich auf diese gespaltene Feige, auf diese reife Frucht, mit lechzender Zunge und nur zu schnell brachte ich sie so weit, dass der Saft ihr reichlich entspritzte, das duftige Mark eines gesunden, voll erblühten Weibes.

Ihr Fleisch machte mich einfach toll. Wenn ich nur ihren Unterrock sah, stand mir der Kitzler, und wenn ich sie nach den edlen Zärtlichkeiten um ihre Arschbacken bat, drehte sie sich langsam um, legte sich mit dem Bauch nach unten aufs Sofa, hob langsam die Röcke hoch und zeigte mir ihren Hintern.

Diese wohlberechnete Lässigkeit brachte mich fast von Sinnen. In der Art, wie sie die Röcke hob, lag so viel erotische Kunst, in dieser einfachen Bewegung etwas so Wollüstiges, dass sich mir die Kehle zusammenschnürte, das Blut zum Herzen schoss, sodass ich mich auf den geliebten Hintern, auf diese weißen Backen stürzte und an ihnen saugte, bis ich wie berauscht war. Mit der Hand spielte ich mir zwischen den Schenkeln, ich spritzte mächtig und mit der Zunge in ihrem Loch blieb ich halb tot auf ihr liegen.

Sie war sich ihrer Macht über mich genau bewusst und gebrauchte sie nach Kräften! . . . Aber ich war so glücklich, dass ich mir alles von ihr gefallen ließ und für sie jede Schlechtigkeit begangen hätte.

Wenn ich manchmal mit ihr durch die Straßen ging, erregte sie mich schon durch die Art, wie sie den Saum ihres Rockes hob und diesen über ihrem Hintern straff zusammenzog, wie sie ein Stückchen ihres schön bestrumpften Beines über dem tadellosen Schuh sehen ließ.

Ich rieb mich an ihr und das Blut stieg mir ins Gesicht. Sie freute sich ihrer verwirrenden Manieren und sah mich von der Seite mit ihren geil funkelnden Augen an, mit ihrem ewigen Lächeln, und sie reizte mich aufs Höchste, wenn sie dann zu sprechen begann.

„Ja“, sagte sie ganz leise mit zärtlicher Stimme, „ja, bald wirst du mich ganz nackt sehen, du wirst glücklich sein, du wirst mit mir machen, was du willst . . . Du wirst dein kleines Schnäuzchen in mein Fötzchen stecken und ich werde dir die Backen mit meinen Schen-

keln streicheln ... Oder du wirst mir den Popo lecken ... Sag', willst du das tun, mein kleines Schwein? . . . Kennst du die Haare unter meinen Armen? Die wirst du auch küssen . . . Ich bin unten schon ganz feucht, wenn ich nur daran denke ... "

„Still! ... Sei doch still! ... "

Man kann sich denken, mit welcher Wut ich nach solchen Reden die gefährliche Zauberin liebkoste! . . . Dieses Weib ist die verkörperte Wollust; nicht die sadistische, grausame Verderbtheit, sondern die sanfte, zärtliche Wollust.

Man liebt sie mit dem Herzen genau wie mit den Sinnen, und sie kennt von Grund aus die Macht ihrer Sinnlichkeit . . . Sie ist von ihrer Lehrerin richtig geschult worden! ...

Die Schwester, die sie verführte, verstand sich darauf! . . . Wie eine Sirene bezauberte sie mich mit ihren Reizen und fesselte mich an sich fürs ganze Leben.

Ich sehe sie stets vor mir, ich liebkose sie noch immer, und noch heute mit ihren fünfundvierzig Jahren übt sie auf mich jene verführerische Macht aus, die mich demütig ihr zu Füßen zwingt. Wenn ich nur an sie denke, wenn ich nur in meiner Phantasie sehe, wie sie mir zulächelt mit ihrem perversen Lächeln, wenn ich nur ihr Kleid mir vorstelle, wie sie es beim Gehen hebt, überfällt mich geiles Verlangen, der Kitzler steht mir, und ganz bestimmt gehe ich zu ihr, ehe ich diese Seiten, die ihr gewidmet sind, zu Ende schreibe. Ich könnte sonst überhaupt nicht damit fertig werden ...

***

Es ist geschehen. Ich komme von ihr. Mein Hirn ist leer und die Beine wollen mich kaum noch tragen.

Ihr zu Liebe hatte ich mir die Haare mit einer gewissen Parfümmischung besprengt, für die sie schwärmt und die gut zu dem Duft meiner Haut passt. Kaum war ich bei ihr, da sah sie schon an meinen blitzenden Augen, dass ich Liebe von ihr wollte, aus einem anderen Grund komme ich ja überhaupt nicht zu ihr. Nach den ersten zärtlichen Küssen sagte sie dann auch gleich:

„Was willst du, mein geliebtes Kind? . . . Ist es das? . . . “

Sie hatte ihren Morgenrock und ihr Hemd geöffnet und hielt mir ihre zwei üppigen Brüste entgegen.

„Oder das? . . . “

Sie hatte sich niedergebeugt, hob sich hinten die Röcke hoch und zeigte mir ihre vollen, runden, weißen Arschbacken.

„Oder lieber das?“

Sie hatte Rock und Hemd von vorn aufgehoben und ließ mich ihr buschiges Fötzchen sehen.

„Alles! . . . Alles will ich! . . . “

„Oh, du Feinschmeckerin! . . . Also gut, mach es dir bequem und dann wirst du mir Rock und Hemd ausziehen.“

In einer Minute war ich nackt und sie auch. Aber sie sah, wie aufgeregt ich war, und sagte:

„Was hast du heute nur? Was hast du gesehen? Zeig mir mal dein Fötzchen! Leg dich dahin! So! Mach die Beine auseinander! Dein Knöpfchen ist ja steif wie ein Stück Holz! Warte, du Spitzbube, dich will ich Mores lehren! Gott, bist du geil!“

Sie kam mit ihrem Mund an mich heran und nach zehn Zungenschlägen vergoss ich reichliche Liebestränen.

„Jetzt wirst du ein bisschen ruhiger sein. Was willst du mit mir machen, Liebling? Alles willst du, hast du gesagt? Bitte, der Tisch ist

gedeckt! ... Sieh, ich bin wie eine große Blume ... Atme ihren Duft ein, den du so liebst! Hier ist das Döschen, dem er entströmt ... Lege dein hübsches Gericht darauf ... Du darfst darauf auch entschlummern, wie du es manchmal tust ... Sieh, ich bin eine schöne reife Frucht ... Iss mich ... Versuch deine Zähne an meiner Seidenhaut, beiß mich, wo du willst ... Da hast du mich ganz, ich bin dein, nimm mich! ... "

Nur die Feder eines Alfred de Mussets könnte diese Liebesszene schildern und all unsere Empfindungen erzählen. Diese waren so heftig, dass mein Gedächtnis etwas gelitten hat ...

Aber ich erinnere mich, dass ich mich wie toll auf Germaine warf. So lagen wir Mund auf Mund, Bauch an Bauch und die Brüste aneinander gepresst.

Ihre Beine legten sich über die meinen und ihre Hände umklammerten meine Hüften. Wie ich so auf ihr lag, blieb sie ganz passiv. Sie ließ sich meine Küsse gefallen, ohne sie zu erwidern.

In ihrem halb offenen Mund konnte meine Zunge suchend herumfahren und die ihre kitzeln. Dann hob ich Bauch und Popo, um meine Mimi an ihrer zu reiben.

Ihre dichten Haare streichelten meinen Kitzler, der sich steif aufrichtete, und nach ein paar Stößen kam es mir.

Auch sie spritzte und sie steckte mir jetzt die Zunge in den Mund, sodass ich sie saugen und dabei nochmals spritzen konnte.

Einen Augenblick lagen wir beide wie betäubt, dann richtete ich mich auf den Händen hoch. Ihre Augen sahen wie halb erloschen aus, aber sie blickten noch immer geil und verlangten nach neuen Liebkosungen ...

Sie legte die Arme über ihren Kopf zurück und zeigte mir so die braunen Buschen in ihren Achselhöhlen, die ich sofort leckte. Dann saugte ich an ihr vom Kopf bis zu den Knien, und lange verweilte ich auf ihren üppigen Brüsten, die ich mit besonders leidenschaftlichen Zungenschlägen kitzelte.

Ich leckte ihr den Bauch, der so glatt wie der eines jungen Mädchens war, ihre vollen weißen Schenkel, und dann wollte ich ihren Hintern. Sie drehte sich um.

Meine Zunge fuhr ihr an der Wirbelsäule entlang und hin und wieder biss ich sie leicht in ihr weißes Fleisch.

Dann setzte ich mich mit dem Fötzchen rittlings auf ihren Nacken, breitete ihr die fetten, üppigen Arschbacken auseinander und mitten in der Kerbe leckte, biss und saugte ich sie, bis ich ihr die Zunge so tief als möglich in das Loch hineinbohrte.

Sie stöhnte und pisste vor Lust, dass ihre ganze Spalte nass wurde.

Auf eine Bewegung von mir legte sie sich auf den Rücken, gierig legte ich die Lippen ihres feuchten Fötzchens auseinander und steckte mein Gesicht hinein.

Dann hob sie meinen Hintern über ihre Nase, wie zwei Furien hielten wir mit den Armen einander die Schenkel umklammert und mit raffiniertem, unaufhörlichem Saugen, mit Lecken, das uns am ganzen Leib erbeben ließ, tranken wir uns das Mark aus den Knochen.

Leises Stöhnen und ersticktes Schreien klang zwischen den zusammengepressten Schenkeln hervor. Unsere Zungen plätscherten in dem Liebessaft, den wir mit Wonne aufschlürften . . .

Die raffinierte Leckerin hielt meinen Kitzler zwischen ihren geschlossenen Lippen fest und mit der Zungenspitze spielte und leckte sie an ihm, dass ich wie toll und ganz von Sinnen wurde . . .

Ich spritzte unaufhörlich, ein Krampf folgte ununterbrochen dem Anderen . . . Auch der Spalte meiner Gefährtin entströmte immer wieder der köstliche Samen, den ich in höchster Geilheit aufleckte, während ich ihr den Finger in das Arschloch bohrte.

Ich kann nicht sagen, wie lange dieser Liebeswahnsinn dauerte.

Wir waren beide wie zerschlagen und todmüde, als wir wieder zur Besinnung kamen und noch immer in derselben Stellung dalagen.

Germaine gab mir ein Gläschen Cordial zu trinken, damit ich überhaupt nur wieder nach Hause gehen konnte, wo ich jetzt in himmlischer Müdigkeit dieses Kapitel beschließe.

KAPITEL XI

So verging das Jahr in den gleichen Spielen mit den gleichen Menschen. Inzwischen hatten Maud und ich auch gearbeitet und die Prüfung bestanden. Die Ferien kamen und brachten uns John zurück, der sich sehr kräftig entwickelt hatte. Er bekam eine Menge Einladungen von den Familien seiner Kameraden und fünf von diesen, alles fünfzehn- bis sechszehnjährige junge Leute aus guten Familien, brachte er mit nach Hause. Dies halbe Dutzend gut gewachsener Burschen machte uns umso neugieriger, als sie, nach Johns Auslage, alle bis auf einen noch unberührt waren.

Sie schlossen sich rasch an uns an und wir nannten sie bei ihren Vornamen. Jack, der Älteste und ein sehr heller Junge, war der Anführer. Dann folgten Eduard, Joe, Georges und William, der Jüngste, ein niedlicher Blonder, den ich gar zu gern zwischen meinen Beinen gehabt hätte. Wir verständigten uns, wie wir die jungen Leute unter uns verteilen wollten, und Maud und ich beschlossen, je zwei von ihnen zu entjungfern. Wir losten um sie und mir fielen Eduard und der kleine Blonde zu, während Maud das Anrecht auf Joe und Georges erhielt. Außerdem wollte sie für sich ihren Bruder, wogegen ich mich mit Jack einigen sollte, der sich schon bei jeder Gelegenheit zärtlich an mich heranmachte. Die jungen Burschen verlangten auch gar nichts besseres, als an der Tafel des Liebeslebens endlich mitzuschmausen und die Freuden zu kosten, die sie bisher nur aus den Erzählungen von John und Jack kannten. Da alle einverstanden waren, gestaltete sich die Sache höchst einfach.

Eduard wurde in mein Zimmer geführt, während Joe von Maud empfangen wurde. Mir klopfte das Herz bei dem Gedanken, wieder einmal jemand entjungfern zu sollen, und wer dieses Gefühl nicht erlebt hat, der kennt nicht seine unvergleichliche Wollust.

Eduard nahm mich gleich in die Arme, küsste mich und betastete meine Brüste, die unter dem Morgenrock frei dalagen. Da ich ihn so zu allem bereit sah, ließ ich ihn gewähren, um ihm möglichst viel Vergnügen zu machen. Für alle Fälle ließ ich ihn Platz nehmen und setzte mich auf seine Knie. Zuerst nahm er meine Brüste heraus und saugte gierig an ihnen, dann hob er mir die Röcke hoch, fasste mich zwischen die Schenkel und betrachtete erregt die Schätze, die er dort entdeckte. Er versuchte seinen Finger hineinzustecken, aber ich führte ihn weiter nach oben auf das Knöpfchen, das schon vor Geilheit brannte, und er wichste daran sanft hin und her.

Ich sah, dass er damit schon Bescheid wusste, und auf meine Frage gestand er mir, er hätte es schon seiner kleinen Kusine gemacht, von der er es gelernt hatte; aber ich merkte gleich, dass er bei ihr noch nicht weiter gegangen war. Nach ein paar Sekunden spritzte ich ihm auf den Finger und sein Schwanz, den ich ihm aus der Hose holte, war heiß und steif. Ich stand auf, zog ihn zu meinem Bett und legte mich mit gespreizten Beinen vor ihn hin.

Er hob mir den Morgenrock und das Hemd hoch und in seiner Gier nach Genuss brachte er seinen Schwanz an die Tür des Öfchens. Ich führte ihn hinein, kreuzte meine Beine über seinem Hintern und begann zu arbeiten. Er entlud fast sofort und, ohne mich zu regen, hielt ich ihn auf mir fest. Schon nach einer Minute fühlte ich, wie sein Schwanz in meiner nassen Fotze wieder steif wurde. Von neuem begann ich mich sacht unter ihm zu bewegen. Dank seiner ersten Entladung glitt sein Spieß ganz leicht hinein, aber ich rieb mich so stark an ihm, dass die Lefzen meiner Scheide sich um seinen Schwanz pressten und so fest an ihm saugten wie ein Zicklein an den Zitzen der Mutter. Ganz außer sich, mit wirren Augen stieß der Junge mit seinem Hintern schonungslos auf mich ein, und mit Wonne sah ich, wie er genoss. Heftig presste ich ihn zwischen meine Schenkel, als es ihm kam, und auch ich schrie vor Lust auf, als ich spritzte.

„Mein Kleiner! Ach, mein süßer Kleiner! . . . “

Als wir uns beruhigt und uns gesäubert hatten, wollte mein neugieriger Schüler alles sehen und alles berühren. Er betrachtete meine Arschbacken, hielt sie auseinander, küsste und leckte sie.

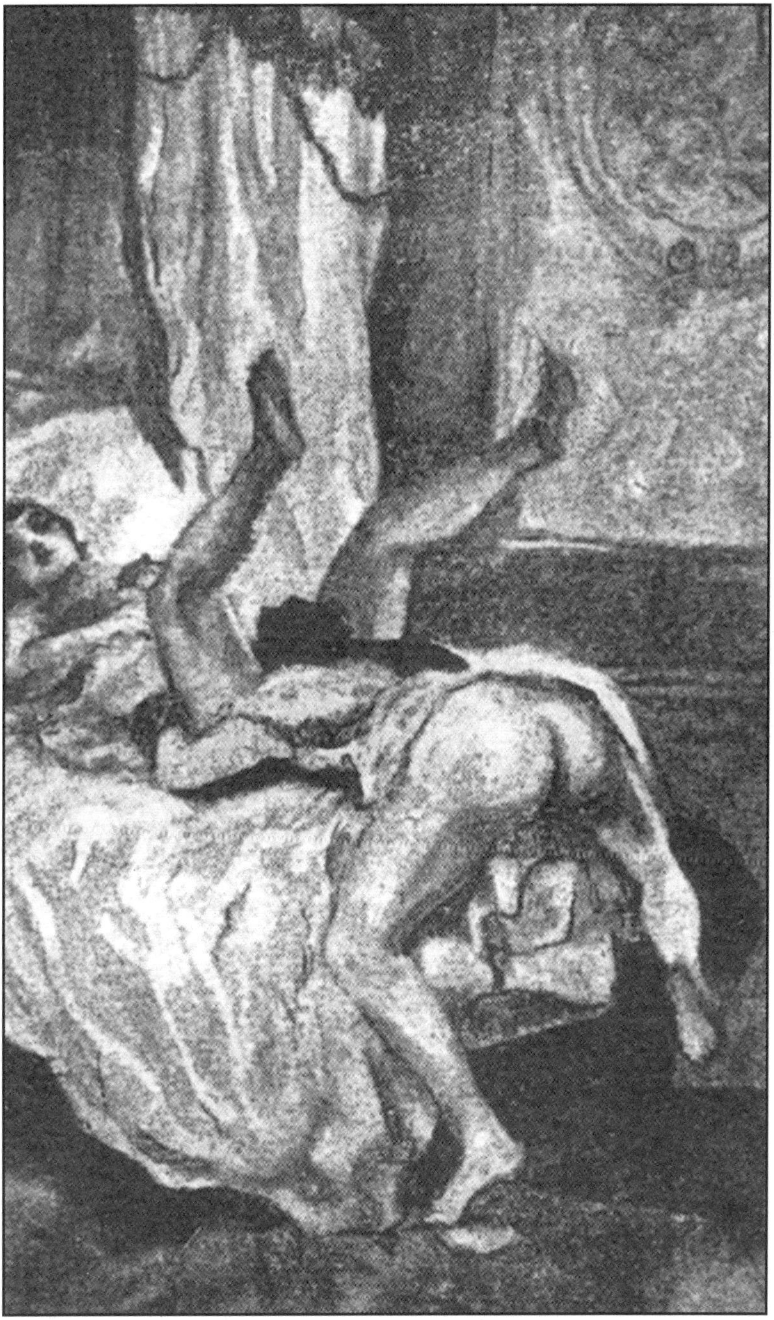

Dann musste ich ihm die Vorderseite zeigen und mich, auf seine Bitte, mit gespreizten Schenkeln auf das Sofa legen. Auch hier leckte und saugte er mit allerliebstem Ungeschick. Ich musste ihm gute Lehren geben, denen er aufmerksam folgte, und als er sie nun an meinem heißen Kitzler in die Praxis übertrug, spritzte ich ihm in den Mund.

Bei diesen reizenden Übungen war sein Schwanz wieder steif geworden und stand frisch und rosig vor mir. Ich nahm ihn in die Hand.

„Was willst du jetzt damit machen, Liebling? . . . Willst du ihn mir noch einmal hineinstecken oder soll ich ihn dir lecken? Etwa so! . . . "

Er erbebte, als meine Lippen sein Ding berührten.

„Ach ja . . . So ist's schön! . . . "

„Warte nur, ich will den kleinen Schlingel schon zur Vernunft bringen! . . . "

Und ich saugte an dem jungen Schwanz, der so etwas Schönes noch nie erlebt hatte. Ich nahm ihn so weit wie möglich in den Mund, und kaum, dass ich mit der Zunge an der Wurzel seiner Eichel spielte, spritzte er mir unter Stöhnen und Seufzen den ganzen Mund voll.

Dann taumelte er auf sein Zimmer zurück.

Er hat genug, hatten wir uns gesagt, aber verliebt wie Maud und ich waren hatten wir beide die gleiche Idee: Wir wollten uns nach der Sitzung miteinander amüsieren.

Als ich zu ihr gehen wollte, traf ich sie schon an meiner Zimmertür. Nach ein paar flüchtigen Liebkosungen warfen wir uns gierig auf mein Bett. Jede steckte den Kopf zwischen die Schenkel der anderen und saugte an ihrer Spalte, um den süßen Nektar zu schlürfen, wie man nach einer üppigen Mahlzeit zur Verdauung noch ein Gläschen Likör trinkt.

Am nächsten Morgen hatte ich den jungen blonden William. Er war ein niedlicher Bursche und seine Haut war zart und weiß. Ohne seinen Schwanz, der steif und verheißungsvoll in die Höhe stand, hätte man den Schlingel für ein junges Mädchen halten können. Kaum war er in meinem Zimmer, stand er schon nackt da. Ich hatte nur schnell den Riegel vorgeschoben und ihm dann gleich die Kleider vom Leib gezogen. Um ihn zu reizen, hatte auch ich mich völlig entkleidet.

Ich hatte ihn aufs Bett gelegt und saugte ihm die Haut an seinem ganzen hübschen Körper. Ich biss ihn in die Arschbacken, leckte ihm die Eier, saugte an seinem Schwanz und kitzelte ihm die kleinen Brustwarzen ... Ich war ganz wild nach diesem zarten, blonden Leib, der so mollig und gesund duftete. Ich glühte vor Geilheit, als ich ihn liebkoste, und als ich sah, dass er schwer atmete, warf ich mich auf ihn und bedeckte ihn ganz und gar mit meinem heißen Körper.

Ich steckte ihm kitzelnd die Zunge in den Mund und rieb mein Fötzchen an seinem Schwanz, der weich auf seinem Bauch lag. Mir kam es dabei auch und jetzt steckte ich sein Glied in mein feuchtes, glühend heißes Loch. Um seine Lust zu verlängern, hob und senkte ich mich sanft auf und nieder, wobei ich ihm die wechselnde Erregung vom Gesicht ablesen konnte.

Aber trotz meiner Vorsicht spürte ich schon nach einer Minute, wie sein Schwanz sich in meiner Scheide steifte, und nun steckte ich ihn mir ganz tief hinein, hielt ihn fest und bekam von ihm eine mächtige Entladung, wobei ich ihm die Zunge ganz in den Mund gesteckt hatte. So entjungferte ich ihn, während er vor Geilheit stöhnte und röchelte. Mir bebten die Arschbacken wohl eine Minute lang unter diesem Schauer der Wollust. Wir wuschen uns schnell und stiegen ins Bett, wo mein junges Opfer sich ganz eingehend allen Reizen seines Henkers widmen konnte. Er durchforschte alle Spalten und Grotten, liebkoste die Hügel und leckte an dem Schnee der Hügel und ihren rosigen Knospen. Er kitzelte, küsste und leckte alles zur höchsten Befriedigung seines Weibchens. Dann legte er sich auf mich und wir bereiteten eine neue Auflage vor.

Meine Beine hatte ich über den seinen gekreuzt und ich arbeitete so geschickt mit meinem Hintern, dass er vor Freude laut aufschrie, als es ihm kam. Mit zwei, drei Stößen leerte ich gewissenhaft sein Schwänzchen bis zur Neige und schickte ihn dann fort.

Maud erwartete mich schon. Wir hätten uns um Nichts in der Welt unser übliches Dessert entgehen lassen. Und wieder war es ganz köstlich.

Tags darauf wurde der große Jack empfangen, der eine ausgesprochene Vorliebe für meine kleine Person zu haben schien. Diesmal hatte ich es mit einem erfahrenen jungen Mann zu tun. Er ging sehr energisch vor. Im Handumdrehen hatte er mich entkleidet und aufgespießt, und zweimal überströmte er mich mit seinem heißen Saft. Zweimal sorgte er dafür, dass sich mir die Arschbacken vor Wollust zusammenkrampften. Endlich blieb er erschöpft auf meinem Bauch liegen und mit vor Erregung heiserer Stimme sagte er:

„Du Schwein! Hast du das gern, du kleines Schwein? . . . "

Ich antwortete nicht, aber meine Erregung sagte ihm genug.

Ich schien derart erschöpft zu sein, dass er mich schonte und sich entfernte, nachdem er mich noch zart am ganzen Leib abgeküsst hatte.

Inzwischen war Maud mit ihrem Bruder zusammen gewesen. Jedes Mal empfand sie bei dieser Blutschande ein noch stärkeres, noch raffinierteres Vergnügen, ein Vergnügen, das alles übertraf, was sie bei der Entjungferung der jungen Leute gefühlt hatte.

Sie vergötterte ihren Bruder und biss mit gierigen Zähnen in die verbotene Frucht. Ich glaube, sie hätte ihn vor Liebe getötet, hätte er sich das gefallen lassen.

Diesmal dauerte ihre Liebessitzung sehr lange, und als sie endlich zu mir kam, sprachen die Schatten um ihre Augen sehr beredt von den verbotenen, verbrecherischen Umarmungen, die sie bis in die letzten Tiefen ihres Herzens aufwühlten. Trotzdem fand sie auch an unseren gegenseitigen Liebkosungen noch Vergnügen und köstlich abgespannt trennten wir uns endlich.

KAPITEL XII

Verliebte Ferkelei verlangt immer nach Neuem. Sie ist unersättlich.

Meine Freundin und ich waren ebensolche Ferkel wie wir verliebt waren, und so litten auch wir unter diesem Drang nach immer neuen Zärtlichkeiten. Als wir die sechs Männer, die uns in die Hände geraten waren, jeden wiederholt unter dem Bauch gehabt hatten, wurde es uns monoton, unser Interesse war erschöpft. Auch bei ihnen war das erste Feuer verglüht, und abgesehen von der Leidenschaft, die die zwei Blutschänder aneinander fesselte, hatte sich allgemein eine gewisse Kühle eingestellt.

Wenn wir beieinander saßen, erzählte jeder von uns ein paar schlüpfrige Geschichten, um uns aufzuregen, und in einer dieser Erzählungen rühmte Jack die unvergleichliche Zartheit und Geschicklichkeit der liebkosenden Hände einer Kammerzofe seiner Mutter, die ihn mit vierzehn Jahren verführte, indem sie ihm in seinem Bett den Schwanz wichste.

„Ihr könnt euch nicht vorstellen", sagte er, „wie zart sie das machte. Kaum berührten mich ihre Hände, war ich geil wie ein Kapuziner, und nach wenigen Strichen entspritzte mir eine Flut von Samen, den sie in ihrem Taschentuch auffing. Nie fand ich ähnliche Hände wieder! . . . "

In unserem perversen Denken blitzte sofort eine Idee auf: Wir wollten die Macht unserer Liebkosungen aneinander messen und versuchten, der berühmten Kammerzofe gleichzukommen. Dann entwickelte sich diese Idee weiter dahin: Zwischen Maud und mir sollte ein Wettkampf stattfinden, welche von uns in einer bestimmten Zeit die größte Zahl von Männern zur Pollution bringen würde.

Die Idee fand allgemeinen Beifall.

Die Siegerin in diesem ganz neuartigen Turnier sollte sich aus unserem Kreis alle Männer aussuchen dürfen, auf die sie Schneid hatte und die sie dann ganz nach ihrer Laune benutzen konnte. Als wir uns über diese allgemeinen Bedingungen geeinigt hatten, wurden auch die näheren Einzelheiten festgestellt. Die jungen Leute sollten von unten bis zum Gürtel nackt erscheinen, während wir beide völlig nackt sein sollten, damit der Anblick unserer Reize die Geilheit unserer Opfer möglichst steigern könne.

Durch das Los wurde festgestellt, welcher Wichserin jeder einzelne der jungen Männer zugeteilt werden solle.

Maud erhielt von vornherein ihren Bruder, sowie Jack und Joe. Mir fielen Eduard, Georges und William zu. Sie sollten sich alle in dem Zimmer nebenan bereithalten, um beim edlen Anruf ihre beiden Vorgänger zu ersetzen. Die Sitzung wurde für den Nachmittag des nächsten Tages anberaumt.

Wir richteten es so ein, dass die Dienstboten für eine bestimmte Zeit fern gehalten wurden, und gingen sofort ans Werk.

John und Eduard wurden in dem vorgeschriebenen Kostüm hereingeführt. Der Schwanz stand jedem schon tadellos. Sie mussten sich hinknien und mit den Händen auf den Fußboden stützen, während wir sie wie eine Kuh melken wollten. Ein Champagnerglas sollte ihre eigenartige Milch aufnehmen.

Wir knieten uns sofort neben sie hin. In die eine Hand nahmen wir den Schwanz, mit der anderen kitzelten wir die Eier.

Maud liebkoste zärtlich ihren Bruder, kitzelte ihn aufs Beste und dachte dabei mehr an ihr eigenes Vergnügen als an den Erfolg des Wettbewerbs. Die linke Hand hatte sie von hinten zwischen seine Schenkel gesteckt, ließ sie sanft an den Eiern spielen oder kitzelte ihn an den Arschbacken und zwischen den Schenkeln.

Ihre rechte Hand wichste sanft auf und nieder, zog ihm die Vorhaut bald zurück, bald streifte sie sie ganz in die Höhe. Dann hielt sie einen Augenblick inne und kitzelte ihm mit den Fingerspitzen die Eichel an ihrer Wurzel, bis sie wieder zu wichsen begann.

Ich meinerseits tat mein Bestes und diese raffinierte Wichserei ließ unsere beiden Patienten vor Wollust erschauern.

Inzwischen begann John zu seufzen und Maud beschleunigte ihre Bewegungen ein wenig. Sein Strahl spritzte in das Glas. Da wichste sie wieder langsamer und drückte den Schwanz zwei-, dreimal fest zusammen, bis sie ihn völlig entleert hatte.

Ich war etwas im Rückstand. Jetzt rieb ich mit der rechten Hand schneller und steckte ihm einen Finger ins Arschloch. Die Wirkung erfolgte augenblicklich und auch sein Samen schäumte im Glas.

Ich rief jetzt Georges, der sofort zur Stelle war. Und schon hatte Maud auch Jack unter ihren Händen und bearbeitete ihn mit größter Geschwindigkeit. Aber Georges war dermaßen geil, dass er schon nach ein paar Sekunden entlud, dichtauf gefolgt von Jack.

Ich hatte einen kleinen Vorsprung und hielt William schon am Hintern, als Joe zu Maud kam. Diese ließ jetzt alle Künste spielen. Sie kitzelte ihm die Eier, streichelte ihm den Bauch, steckte ihm einen Finger ins Arschloch und wichste dabei wie toll an dem vermeintlichen Euter, dem die Milch entströmen sollte.

Ich ließ es meinerseits auch an nichts fehlen. William hatte den Kopf gehoben, um mich betrachten zu können. Ich hockte mich nieder und hielt die Schenkel soweit als möglich auseinander, um ihn durch diesen Anblick noch mehr zu reizen. Endlich fühlte ich, wie mir sein Samen über die Hand lief, und gleichzeitig wurde auch Joe fertig.

In demselben Augenblick stießen Maud und ich einen Schrei aus, um dadurch zu melden, dass die Partie gleichauf stand.

Das Blut war uns zu Kopf gestiegen und unsere Augen funkelten lüstern, die jungen Leute waren wieder ins Zimmer zurückgekommen und die Schwänze starrten zu neuen Heldentaten bereit schon wieder in die Höhe. Bei diesem Anblick konnte Maud sich nicht beherrschen und schrie:

„Nach dem Wettkampf der Hände der Wettkampf der Zungen? Seid ihr einverstanden?"

Warum sollten sie ein so ausgezeichnetes Vergnügen zurückweisen? Ich für mein Teil wurde schon bei dem bloßen Gedanken, diese hübschen Schwänze einen nach dem anderen in den Mund zu nehmen, ganz feucht zwischen den Schenkeln. Man beeilte sich also.

John und Eduard warfen sich nebeneinander rücklings aufs Bett. Ihre rot schimmernden Schwänze standen steif und zuckend vor uns. Einen Augenblick sah Maud zärtlich auf das schöne Werkzeug ihres Bruders, dann stürzte sie plötzlich mit offenem Munde auf ihn.

Ich machte es ebenso, und der Wettkampf begann. Ich rollte meine Zunge und meine Lippen um die rote heiße Eichel und auch meine Hände traten in Tätigkeit. Mit der einen kitzelte ich ihn am Bauch und unten am Schwanz, mit der anderen streichelte ich ihm die Eier und steckte einen Finger in das Loch dahinter.

Maud stöhnte ganz laut, während sie ihren Bruder lutschte. Sie liebkoste ihn sanft und zärtlich und man sah deutlich, dass es ihr kam, als sie die Schenkel zusammenpresste und mit dem Hintern hin und her zuckte. Zu gleicher Zeit schrien unsere beiden Patienten auf, sie warfen sich wie die Besessenen auf und nieder und plötzlich hatte ich den ganzen Mund voll Samen.

Langsam saugte ich weiter, bis auch der letzte Tropfen heraus war, und dann spuckte ich alles in eine Waschschüssel.

Maud hatte als ihr zweites Opfer schon Jack vor sich liegen und leckte ihm die Eier. Den brüderlichen Samen hatte sie andächtig hinunter geschluckt!

Georges hatte sich jetzt auch hingelegt und der Kampf begann von neuem. Schleunigst spritzte er noch vor seinem Gefährten. Ein Sprung an die Toilette und ich warf mich auf William.

Bei diesem ging es etwas langsamer und ich brachte ihn sehr sorgfältig in Stimmung. Ich leckte ihm ganz raffiniert den Bauch, die Schenkel, die Eier und das Loch im Hintern, das ich bloßlegte, indem ich ihm die Beine hochhob. Dann leckte ich seinen rosigen Elfenbeinstab von der Wurzel bis zur Eichel.

Als ich sah, dass er aufgegeilt genug war, nahm ich ihn in den Mund und meine Zunge beendete ihre Arbeit bei verschlossener Tür.

Maud hatte ihr zweites Opfer erledigt und machte sich an das dritte. Wie vorher, kamen wir auch diesmal gleichzeitig ans Ziel.

Die jungen Leute waren erschöpft, wir aber waren noch geiler als vorher. Alle diese Spiele hatten uns in Glut gebracht und wir stürzten uns nun eine auf die andere. Maud warf mich auf den Teppich, mit vorgestreckter Zunge fiel sie auf mein klaffendes Kätzchen und legte sich mit ihrer feuchten, glühenden Spalte auf mein Gesicht.

Wir leckten uns wie wahnsinnig. Die jungen Leute drängten sich um uns, beobachteten neugierig dieses unerwartete Schauspiel und legten sich auf den Fußboden, um besser sehen zu können . . . Im Handumdrehen wurden wir beide zweimal fertig, himmlisch wollüstige Schauer überrieselten uns und wir pissten einander vor Lust auf die leckenden Zungen.

Schwankend, hochrot im Gesicht standen wir auf, aber mit Staunen sahen wir, wie all die jungen Schwänze angesichts unseres lesbischen Kampfes sich steif und drohend wieder aufgerichtet hatten.

Ohne Zögern packte Maud ihren Bruder, warf ihn aufs Sofa, legte sich auf ihn, steckte sich sein Glied in den Bauch, bohrte ihm die Zunge in den Mund und spielte ihm am Hintern.

Ich nahm mir auf Geradewohl einen anderen, legte mich aufs Bett und zog ihn auf mich. Und nacheinander kamen alle an die Reihe.

So wurde jede von uns, ohne sich vom Platz zu rühren, dreimal gefickt und dreimal entluden wir. In unseren triefenden Fötzchen mischte sich der Samen mit dem unserer kleinen Männer! . . .

Diesmal war es aber wirklich das Ende . . . Unsere Freunde konnten nicht mehr, und Maud und ich hielten uns kaum noch aufrecht. Wir kleideten uns an, brachten das Zimmer, so gut es ging, in Ordnung und unterhielten uns kurze Zeit noch ganz ernsthaft.

Zwei Tage später reisten die jungen Leute ab.

ENDE

NACHWORT

Ich blieb noch zwei Jahre mit meiner Freundin zusammen und wir führten unser Leben in der gleichen Weise und in den gleichen Kreisen weiter. Ich würde mich also nur wiederholen, wollte ich aus dieser Zeit noch mehr erzählen.

Als Maud majorenn (volljährig) wurde, machte sie von einer alten Verwandten eine bedeutende Erbschaft. Wir traten eine große Reise an, nach der Maud sich verheiratete und ich nach Frankreich zurückkehrte. Mein Onkel und meine Tante starben noch jung und ich blieb allein mit meinem kleinen Harem und ein paar Freunden. Einige verschwanden, andere traten an ihre Stelle. Inzwischen hatte ich immer weniger Geschmack an Männern gefunden, aber meiner lesbischen Leidenschaft blieb ich treu. Ich befriedigte sie bei jeder Gelegenheit auf jede denkbare raffinierte Weise.

In den letzten zehn Jahren erlebte ich mancherlei Abenteuer, und ich erlebe sie noch.

Aber wie sie auch seien, mehr als alles schwärme ich für die Liebe mit einer hübschen Frau, und noch mehr für die mit einem jungen Mädchen, das ich in alle Mysterien der Liebe einweihen kann . . . Ich begeistere mich immer wieder für das entzückende Duell zwischen zwei Frauen, in welchem alle beide Sieger und Besiegte zugleich sind.